人生因孤独而丰盛

周国平／著

浙江人民出版社

当人感受到幸福时，心中仿佛响着一个声音：

“为了这个时刻，我这一生值了！”

人之需要独处，是为了进行内在的整合。

所谓整合，就是把新的经验放到内在记忆中的某个恰当位置上。

信仰是内心的光，它照亮了一个人的人生之路。

让我们都安静下来，每个人都向自己身体和心灵的内部倾听，
听一听自己的生命在说什么，想一想自己的生命究竟需要什么。

第三章

爱就是心疼

078 爱情的质量

084 爱是没有理由的心疼

087 男人眼中的女人

099 爱情是一条流动的河

102 婚姻中没有天堂

105 婚姻如何能长久

108 宽容偶然的出轨行为

110 都市生活与爱情

115 异性之间能有纯粹的友谊吗?

118 爱还是被爱?

122 爱的反义词

125 珍惜和放下

129 亲密有间

132 婚姻反思录

第四章 寻求智慧的人生

140 寻求智慧的人生

146 人是要有一点精神的

150 人品与智慧

153 做人和做事

159 成为你自己

162 人生边上的智慧

——读杨绛《走到人生边上》

169 度一个创造的人生

174 人所能及的神圣

177 智慧引领幸福

183 人生没有假如

第五章

回归简单的生活

190 活得简单才能活得自由
195 回归简单的生活
198 珍惜平凡的生活
——《幸福的哲学》讲座
201 当好自然之子
206 逆境也是生活
209 不和时间赛跑
213 不较劲的智慧
217 知道自己要什么
224 坦然面对人性
230 亲疏随缘
234 自己身上的快乐源泉

第六章

灵魂只能独行

238 人的高贵在于灵魂

241 自由的灵魂

245 精神生活的哲学

254 灵魂是一个游子

257 信仰之光

261 幸福是灵魂的事

265 纯真的心性

269 灵魂只能独行

272 灵魂另有来历

第一章

让生命回归单纯

在一定意义上，人生觉悟就在于透过社会堆积物去发现你的自然的生命，又透过肉身生命去发现你的内在的生命，灵魂一旦敞亮，你的全部人生就有了明灯和方向。

享受生命的快乐

先说生命的快乐。我们每一个人，上帝给了我们这一个生命，我们只有这一次机会，我们应该享受生命。苦行主义把生命的快乐看作低级的快乐，我认为是大错特错的。但是我发现，真正懂得享受生命的人并不多，人们往往把满足生命本身的需要和满足物质欲望等同起来了，其实这是两回事。现在社会上把金钱看得很重要，好多人把全部精力用来挣钱，挣了钱就花钱，全部生活由挣钱和花钱组成，以为这就是快乐。其实，物质的欲望是社会刺激出来的，并不是生命本身带来的。一个人的生存当然需要有物质条件，要有钱，在这个社会里你没有钱就会很可怜，所以不妨让自己有钱一些。但是，生命有它本身的一些需要，它们的满足给人带来的快乐是最大的，而这其实并不需要有很多的物质、很多的钱。

有一些需要，可以说是生命骨子里的东西，是生命古老又永恒的需要。比如健康，享受生命最基本的一个方面是享受健康。你看那个古希腊哲学家伊壁鸠鲁，他讲幸福就是快乐，他给快乐下的定义是什么？他说快乐就是身体的无痛苦和灵魂的无纷扰，也就是说，你有一个健康的身体，一个宁静的灵魂，你就是快乐的，你就是一个幸福的人。我特别欣赏托尔斯泰的一句话，他说真正的物质幸福不是金钱，从物质角度来看什么是幸福，那也不是金钱，是什么呢？他说对个人来说是健康，对人类来说是和平。这个道理其实很简单，如果没有健康，你金钱再多有什么用？现在有些人为了挣钱，累出一身病，甚至英年早逝，值得吗？

人是自然之子，和自然交融，享受大自然，享受阳光、空气，这也是满足生命本身的需要，给人以莫大的快乐。关于这一点，我就不多说了。

生命的快乐还有一个方面，就是所谓天伦之乐，爱情、亲情、家庭，这是人生非常重要的价值，是人生幸福不可缺少的一个方面。回想起来，我这一辈子幸福感最强烈的时候是什么时候？有两段时光。一段是刚上大学时，我十七岁进了北大，正值青春期，整个人在发生变化，我眼中的整个世界也在发生变化，我突然发现天下有这么多漂亮的姑娘，真觉得这个世界太美好了，人生太美好了。那个时候，实际上我并没有谈恋爱，你们现在很幸福，你们在大学里是可以自由谈恋爱的，我 60 年代上大学的时候，大学生是不允许谈恋爱的，尤其是如果被发现了发生关系或怀孕，那是要受处分甚至开除的。但是你挡不住青春啊，这个感觉在啊。我记得海涅有一句诗："在每一顶草帽下面，都有一个漂亮的脸蛋。"那个时代的时尚吧，女士、小姐戴一顶精致的草帽。我当时的感觉就是，好像有一件未知的、还不太清楚的，但是非常美好的事情在等待着我，这是一种非常强烈的幸福感。

我确实觉得恋爱是非常美好的。现在有些人说，大学生谈恋爱不好，是早恋。大学生都十七八岁了，还说早恋啊？这正是恋爱的季节！大学生谈恋爱，天经地义。我们这一代人已经被压抑了，不应该再压抑新的一代，是吧？我对大学生恋爱是这样看的：第一，我觉得特别正常。第二，我觉得你也不要当作一个任务去完成。我知道有些同学是当作任务完成的，别人有女朋友、男朋友了，别人在谈恋爱了，好像我不谈恋爱就没面子似的，这个就不必要了，应该顺其自然嘛，你的日子长得很，不用勉强去谈，不要攀比，是吧？第三，我希望是这样的，要高质量地谈恋爱。恋爱是有质量的区别的，质量取决于谈恋爱的当事人的质量，境界不同，素质不同，恋爱的质量是有差别的。如果你光是沉溺在卿卿我我这种关系里，别的什么都不要了，我觉得挺可悲的。我刚才强调，快乐应该是可持续的，有生长能力的。你们这个年纪可以说是为一生的幸福打基础的时候，应该是通过恋爱互相促进，互相激励，激励精神的向上、求知的努力和创造的冲动。恋爱是可以有极大的激励作用的。我真正谈恋爱的时间是比较晚的，但我那时候的状态非常好，写了很多诗啊，很多爱情诗、哲理诗，还写了很多哲学的随感。因为当时我的女朋友啊，她是一个爱文学的人，特别看重文学才华，我就想表现自己，就使劲写啊，能够博美人一笑就特别满足，特别有成就感。我当时写这些东西，根本没有想到要出版，许多年后出版了，现在来看，仍然是我自己最满意的作品之一。我是想说，我是支持大学生谈恋爱的，但是你这个状态应该是一个更好的状态，一个能够开花结果的状态。这是一段时间，就是青春期时谈恋爱，幸福感特别强烈。

还有一段时间，我也觉得幸福感特别强烈，就是自己刚当了爸爸，初为人父的时候，第一次迎来了一个小生命。你们现在没有孩子，你们是不知道的，将来你们就会知道，现在跟你们说了也没用。我自己没有孩子的时候，人家跟我说孩子多么可爱，我是没感觉的，原来没有孩子的时候，我对要不要孩子的态度就是顺其自然，有也可以，没有也可以，我觉得没有也不是什么缺陷。但是有了孩子以后，真是不一样，你生命里面的一些东西，有些你不知道的本能被打开了。那是我又一次感觉到世界非常美好，有某种未知的非常美好的事情在等待着我，那个感觉就是每一天都是新的。当然我的第一次经历是很不幸的，你们可能看过我写的《妞妞——一个父亲的札记》，我的第一个孩子刚满月的时候，就发现患有先天癌症，一岁半就去世了，我为她写了一本书。后来我又有了一个女儿，我觉得每次孩子来到的时候，那种心底里的快乐都无比强烈，我愿意什么也不干，整天陪着她，跟她玩，给她记录。尤其孩子快到一岁的时候，开始学说话，到两岁、三岁，话语的那种美妙啊，大人是想象不出来的。我为我现在的女儿写了很多日记，那几年里面，我的日记大部分是写她的，是她的话语的记录。我准备把这些东西好好整理，作为一个礼物送给她，这是给孩子的最好的礼物。我们自己小时候的事情，我们都忘了，这是很可惜的，所以我不能让我的孩子的童年也是空白的。我写过一篇文章叫《我给女儿当秘书》，我那时候真是给她当秘书，认真记录她的言行。当时她也习惯了，说出一句妙语，我夸她，她马上说，爸爸你给我记下来。

这种感觉不光是我有，我看很多人，无论是大人物还是小人物，这个感觉是共同的。比尔·盖茨，全球首富，现在不是了，好像是老二了吧，他有一张照片，是他抱着当时两岁的女儿照的，下面有一句题词："只有在这个时候我才感到最幸福。"他有五百亿美元的家产，但是财产带给他的快乐，那种打动人心的深度，远不如这个小生命给他带来的。凭我自己的体验，我相信他讲的完全是真话。财富带来的名利欲、权力感、雄心的满足，是另一种性质的快乐，在深度上无法与生命根底里的快乐相比。还有美国现代舞的创始人邓肯，她是一个天性非常健康的女人，一生谈了无数次恋爱，她的自传写得非常真实。在刚有小孩的时候，她这样喊道：上帝啊，在这个小生命面前，我的那些艺术算得了什么呀，所有的一切算得了什么呀！其实普通人也一样。有一次我在北京坐出租车，从我上车开始，那个司机就跟我说他的孩子，他有了一个一个月大的孩子，一直说到我下车。在我临下车前，他跟我说："你知道吗，我以前最讨厌的就是人家跟我说他的孩子，婆婆妈妈的，琐琐碎碎的，有什么意思，现在我自己有了孩子，我忍不住要说啊。"这个东西真是人性根底里的东西，生命核心里的东西。

后来我就分析了，我说人的性本能实际上有两个层次，一个层次是快乐本能，就是男女之间的事情，当然这也是很大的快乐，不过还是比较低的层次。它的更深的层次是什么？是种属本能，所谓的传宗接代。大自然把这个本能安在人的身体里面，我们平时是不知道的，没有孩子的时候，这个本能是沉睡着的，一旦有了孩子，这个本能就苏醒了，会给你一种更强的快乐。当然，我现在跟你们说也是白说，以后你们自己体会吧。我只有一条建议，不要做丁克族，应该要孩子，没有的时候，你不知道孩子会给你带来多大的快乐，也就不知道不要孩子是多大的损失了。

我就强调一点，就是要把生命本身的需要和物质的欲望区分开来，这是两回事。其实，中国的道家是很懂这个道理的，主张保护好生命的真实的、完整的本性，不可用物质欲望去戕害它。古希腊的哲学家也认为，生命的快乐基本上是不依赖于物质的。这可以说是哲学家们的共识。我们现在太看重物质的东西了，所以我说，你应该静下心来，听一听你生命的声音，听一听它真正需要的是什么。

你有一个健康的身体，一个宁静的灵魂，

你就是快乐的，你就是一个幸福的人。

生命到底有没有意义

常常有青年问我：一个人不去想那些人生大问题，岂不活得快乐一些？

其实，不是因为思考，所以痛苦，而是因为痛苦，所以思考。想不想这类问题，不是自己可以选择的，基本上是由天生的禀赋决定的。那种已经在想这类问题的人，多半生性敏感而认真，他不是刻意要想，实在是身不由己，欲罢不能。

相反，另有一种人，哪怕你给他上一整套人生哲学课，他也未必会真正去想。

喜欢想人生问题的人，所谓喜欢想，并不是刻意去想，而是问题自己找上来，躲也躲不掉。想这类问题当然会痛苦，但痛苦在先，你不去思考，痛苦仍然在，成为隐痛。既然如此，你不如去面对它，看一看那些最智慧的人是怎么想这类问题的，这可以开阔你的思路，把痛苦变成人生的积极力量。

从学术上看，哲学研究似乎是发展了，越来越深入、细致，但你不能说现在的哲学就比古希腊高明，因为根本问题仍是一样地没有解决。这是人生内在的困境，只要人在，困境就在，哲学就始终要去思考。

人是唯一寻求意义的动物，没有意义也要创造出意义来，于是就产生了哲学、宗教、艺术。然而，人生到底有没有意义？不知道。

智慧是逼出来的，知道困境不可改变，只好坦然接受，这就叫智慧。

福克纳在加缪猝死那一年写道：加缪不由自主地把生命抛掷在探究唯有上帝才能解答的问题上了。其实，哲学家和诗人都是这样，致力于解开并无答案的人生之谜，因而都是不明智的。也许，对人来说，智慧的极限就在于认清人生之谜的无解，因而满足于像美国作家门肯那样宣布："我对人生的全部了解仅在于活着总是非常有趣的。"

人生无常，死亡随时可能来临，这个道理似乎尽人皆知。但是，对于多数人来说，这只是抽象的道理，而在一个突然被死神选中的

却呈现出了残酷的具体性。同是与死神不期而遇又侥幸

不相同，这种非常经历能否成为觉悟的契机，取

决于心性

生命本来没有名字

这是一封读者来信，从一家杂志社转来的。每个作家都有自己的读者，都会收到读者的来信，这很平常。我不经意地拆开了信封。可是，读了信，我的心在一种温暖的感动中战栗了。

请允许我把这封不长的信抄录在这里——

“不知道该怎样称呼您，每一种尝试都令自己沮丧，所以就冒昧地开口了，实在是一份由衷的生命对生命的亲切温暖的敬意。

“记住你的名字大约是在七年前，那一年翻看一本《父母必读》，上面有一篇写孩子的或者是写给孩子的文章，是印刷体却另有一种纤柔之感，觉得您这个男人的面孔很别样。

“后来慢慢长大了，读您的文章便多了 推荐给周围的人去读，从不多聒噪什么，觉得您的文章和人似乎是很 我们安静的，因为什么，却并不深究下去了。

“这回读您的《时光村落里的往事》，恍若穿行乡村，沐浴到了最干净、最暖和的阳光。我是一个卑微的生命，但我相信您一定愿意静静地听这个生命说：‘我愿意静静地听您说话……’我从不愿把您想象成一个思想家或散文家，您不会为此生气吧。

“也许再过好多年之后，我已经老了，那时候，我相信为了年轻时读过的您的那些话语，我要用心说一声：谢谢您！”

信尾没有落款，只有这一行字：“生命本来没有名字吧，我是，你是。”我这才想到查看信封，发现那上面也没有寄信人的地址，作为替代的是“时光村落”四个字。我注意了邮戳，寄自河北怀来。

从信的口气看，我相信写信人是一个很年轻的刚刚长大的女孩，一个生活在穷城僻镇的女孩。我不曾给《父母必读》寄过稿子，那篇使她和我初次相遇的文章，也许是这个杂志转载的，也许是她记错了刊载的地方，不过这都无关紧要。令我感动的是她对我的文章的读法，不是从中寻找思想，也不是作为散文欣赏，而是一个生命静静地倾听另一个生命。所以，我所获得的不是一个作家的虚荣心的满足，而是一个生命被另一个生命领悟的温暖，一种暖入人性根底的深深的感动。

“生命本来没有名字。”——这话说得多么好！我们降生到世上，有谁是带着名字来的？又有谁是带着头衔、职位、身份、财产等来的？可是，随着我们长大，越来越深地沉溺于俗务琐事，已经很少有人能记起这个单纯的事实了。我们彼此以名字相见，名字又与头衔、身份、财产之类相联，结果，在这些寄生物的缠绕之下，生命本身隐匿了，甚至萎缩了。无论对己对人，生命的感觉都日趋麻痹。多数时候，我们只是作为一个称谓活在世上。即使是朝夕相处的伴侣，也难得以生命的本然状态相待，更多的是一种伦常和习惯。浩瀚宇宙间，也许只有我们的星球开出了生命的花朵，可是，在这个幸运的星球上，利益的交换、身份的较量、财产的争夺，比比皆是，最罕见的偏偏是生命与生命的相遇。仔细想想，我们是怎样地本末倒置，因小失大，辜负了造化的宠爱。

是的——我是，你是，每一个人都是一个多么普通又多么独特的生命，原本无名无姓，却到底可歌可泣。我、你、每一个生命都是那么偶然地来到这个世界上，完全可能不降生，却毕竟降生了，然后又将必然地离去。想一想世界在时间和空间上的无限，每一个生命的诞生的偶然，怎能不感到一个生命与另一个生命的相遇是一种奇迹呢？有时我甚至觉得，两个生命在世上同时存在过，哪怕永不相遇，其中也仍然有一种令人感动的因缘。我相信，对于生命的这种珍惜和体悟乃是一切人间之爱的至深的源泉。你说你爱你的妻子，可是，如果你不是把她当作一个独一无二的生命来爱，那么你的爱还是比较有限。你爱她的美丽、温柔、贤惠、聪明，当然都对，但这些品质在别的女人身上也能找到。她的生命，作为一个生命体的她，却是在普天下的女人身上也无法或再生的，一旦失去，便是不可挽回地失去了。世上什么都能重复，恋爱可以再谈，配偶可以另择，身份可以炮制，钱财可以重挣，甚至历史也可以重演，唯独生命不能。愈是精微的事物愈不可重复，所以，与每一个既普通又独特的生命相比，包括名声、地位、财产在内的种种外在遭遇实在粗浅得很。

既然如此，当另一个生命，一个陌生得连名字也不知道的生命，远远地却又那么亲近地发现了你的生命，透过世俗功利和文化的外观，向你的生命发出了不求回报的呼应，这岂非人生中令人感动的幸遇？

所以，我要感谢这个不知名的女孩，感谢她用她的安静的倾听和领悟点拨了我的生命的性灵。她使我愈加坚信，此生此世，当不当思想家或散文家，写不写得出漂亮文章，真是不重要。我唯愿保持住一份生命的本色，一份能够安静聆听别的生命也使别的生命愿意安静聆听的纯真，此中的快乐远非浮华功名可比。

很想让她知道我的感谢，但愿她读到这篇文章。

倾听生命自身的声音

生命原是人的最珍贵的价值。可是，在当今的时代，其他种种次要的价值取代生命成了人生的主要目标乃至唯一目标，人们耗尽毕生精力追逐金钱、权力、名声、地位等，从来不问一下这些东西是否使生命获得了真正的满足，生命真正的需要是什么。

生命原是一个内容丰富的组合体，包含着多种多样的需要、能力、冲动，其中每一种都有独立的存在和价值，都应该得到实现和满足。可是，现实的情形是，多少人的内在潜能没有得到开发，他们的生命早早地就纳入了一条狭窄而固定的轨道，并且以同样的方式把自己的子女也培养成片面的人。

我们不可避免地生活在一个功利的世界上，人人必须为生存而奋斗，这一点决定了生命本身的要求在一定程度上遭到忽视的必然性。然而，我们可以也应当减少这个程度，为生命争取尽可能大的空间。

在市声尘嚣之中，生命的声音已经久被遮蔽，无人理会。现在，让我们都安静下来，每个人都向自己身体和心灵的内部倾听，听一听自己的生命在说什么，想一想自己的生命究竟需要什么。

你真正爱你的生命，就要照看好它，让它有一个好的状态。

让生命回归单纯

人来到世上，首先是一个生命。生命，原本是单纯的。可是，人却活得越来越复杂了。许多时候，我们不是作为生命在活，而是作为欲望、野心、身份、称谓在活，不是为了生命在活，而是为了财富、权力、地位、名声在活。这些社会堆积物遮蔽了生命，我们把它们看得比生命更重要，为之耗费一生的精力，不去听也听不见生命本身的声音了。

人是自然之子，生命遵循自然之道。人类必须在自然的怀抱中生息，无论时代怎样变迁，春华秋实、生儿育女永远是生命的基本内核。你从喧闹的职场里出来，走在街上，看天际的云和树影，回到家里，坐下来和妻子儿女一起吃晚饭，这时候你重新成为一个生命。

在今天的时代，让生命回归单纯，不但是一种生活艺术，而且是一种精神修炼。耶稣说："除非你们改变，像小孩一样，你们绝不能成为天国的子民。"那些在名利场上折腾的人，他们既然听不见自己生命的声音，也就更听不见灵魂的声音了。

人不只有一个肉身生命，更有一个超越于肉身的内在生命，它被恰当地称作灵魂。外在生命来自自然，内在生命应该有更高的来源，不妨称之为神。二者的辩证关系是，只有外在生命状态单纯之时，内在生命才会向你开启，你活得越简单，你离神就越近。在一定意义上，人生觉悟就在于透过社会堆积物去发现你的自然的生命，又透过肉身生命去发现你的内在的生命，灵魂一旦敞亮，你的全部人生就有了明灯和方向。

保持生命的本色

动物服从于自然，它对物质条件的需求，它与别的生命的竞争，都在自然需要的限度之内。人却不同，只有在人类之中，才有超出自然需要的贪婪和残酷。

如果说这是因为上天给了人超出动物的特殊能力，这个特殊能力岂不用错了地方？上天把人造就为万物之灵，岂不反而成了对人的惩罚？事情当然不应该如此。由此可以得出一个结论：人应该把自己的特殊能力更多地用在精神领域，无愧于万物之灵的身份；而在物质领域则应该向动物学习，满足于自然需要，保持自然之子的本色。倘若这样，人世间不知会减去多少罪恶和纷争。

贬低人的动物性也许是文化的偏见，动物状态也许是人所能达到的最单纯的状态。

你说，得活出个样儿来。我说，得活出个味儿来。名声、地位是衣裳，不妨弄件穿穿。可是，对人对己都不要以貌取人。衣裳换来换去，我还是我。脱尽衣裳，男人和女人更本色。

凡是出于自然需要而形成的人际关系，本来都应该是单纯的，之所以变得复杂，往往是权力、金钱等因素掺入其中甚至起了支配作用的结果。比如爱情，即使是最复杂的情形，诸如婚外恋、三角恋之类，只要当事人的感情是真实的，的确是立足于感情来处理相互的关系的，本质上就仍是单纯的。可是，现在官场上出现包养情妇、权色交易的现象，娱乐圈乃至大学里存在的性索贿的“潜规则”，当然一点也不单纯了。自然情感的领域遭到了如此严重的污染，这是今天最触目惊心的事实，更可悲的是，有些人对此仿佛已经习以为常、视为合理了。

如果人人——或者多数人——都能保持生命的单纯，彼此也以单纯的生命相待，这会是一个多么美好的社会。

对自己的人生负责

我们活在世上，不免要承担各种责任，小至对家庭、亲戚、朋友，对自己的职务，大至对国家和社会。这些责任多半是应该承担的。不过，我们不要忘记，除此之外，我们还有一项根本的责任，便是对自己的人生负责。

每个人在世上都只有活一次的机会，没有任何人能够代替他重新活一次。如果这唯一的一次人生虚度了，也没有任何人能够真正安慰他。认识到这一点，我们对自己的人生怎么能不产生强烈的责任心呢？在某种意义上，人世间各种其他的责任都是可以分担或转让的，唯有对自己的人生的责任，每个人都只能完全由自己来承担，一丝一毫依靠不了别人。

不止于此，我还要说，对自己的人生的责任心是其余一切责任心的根源。一个人唯有对自己的人生负责，建立了真正属于自己的人生目标和生活信念，他才可能由之出发，自觉地选择和承担起对他人和社会的责任。正如歌德所说：“责任就是对自己要求去做的事情有一种爱。”因为这种爱，所以尽责本身就成了生命意义的一种实现，就能从中获得心灵的满足。相反，我不能想象，一个不爱人生的人怎么会爱他人和爱事业，一个在人生中随波逐流的人怎么会坚定地负起生活中的责任。实际情况往往是，这样的人把尽责不是看作从外面加给他的负担而勉强承受，便是看作纯粹的付出而索求回报。

一个不知对自己的人生负有什么责任的人，他甚至无法弄清他在世界上的责任是什么。有一位小姐向托尔斯泰请教，为了尽到对人类的责任，她应该做些什么。托尔斯泰听了非常反感，因此想到：人们为之受苦的巨大灾难就在于没有自己的信念，却偏要做出按照某种信念生活的样子。当然，这样的信念只能是空洞的。这是一种情况。更常见的情况是，许多人对责任的关系确实是完全被动的，他们之所以把一些做法视为自己的责任，不是出于自觉的选择，而是由于习惯、时尚、舆论等原因。譬如说，有的人把偶然却又长期从事的某一职业当作了自己的责任，从不尝试去拥有真正适合自己本性的事业。有的人看见别人发财和挥霍，便觉得自己也有责任拼命挣钱花钱。有的人十分看重别人尤其是上司对自己的评价，谨小慎微地为这种评价而活着。由于他们不曾认真地想过自己的人生使命究竟是什么，在责任问题上也就必然是盲目的了。

所以，我们活在世上，必须知道自己究竟想要什么。一个人认清了他在这世界上要做的事情，并且在认真地做着这些事情，他就会获得一种内在的平静和充实。他知道自己的责任之所在，因而关于责任的种种虚假观念都不能使他动摇了。我还相信，如果一个人能对自己的人生负责，那么，在包括婚姻和家庭在内的一切社会关系上，他对自己的行为都会有一种负责的态度。如果一个社会是由这样对自己的人生负责的成员组成的，这个社会就必定是高质量的有效率的社会。

生命的得失

一个婴儿刚出生就夭折了。一个老人寿终正寝了。一个中年人暴亡了。他们的灵魂在去天国的途中相遇，彼此诉说起了自己的不幸。

婴儿对老人说：“上帝太不公平，你活了这么久，而我却等于没活过。我失去了整整一辈子。”

老人回答：“你几乎不算得到了生命，所以也就谈不上失去。谁受生命的赐予最多，死时失去的也最多。长寿非福也。”

中年人叫了起来：“有谁比我惨！你们一个无所谓活不活，一个已经活够数，我却死在正当年。把生命曾经赐予的和将要赐予的都失去了。”

他们正谈论着，不觉到达天国门前，一个声音在头顶响起：

“众生啊，那已经逝去的和未曾到来的都不属于你们，你们有什么可失去的呢？”

三个灵魂齐声喊道：“主啊，难道我们中间没有一个最不幸的人吗？”

上帝答道：“最不幸的人不止一个，你们全是，因为你们全都自以为所失最多。谁受这个念头折磨，谁的确就是最不幸的人。”

一个人认清了他在这世界上要做的事情，并且在认真地做着这些事情，他就会获得一种内在的平静和充实。

面对苦难

人生在世，免不了要遭受苦难。所谓苦难，是指那种造成了巨大痛苦的事件和境遇。它包括个人不能抗拒的天灾人祸，例如遭遇乱世或灾荒，患危及生命的重病乃至绝症，挚爱的亲人死亡；也包括个人在社会生活中的重大挫折，例如失恋、婚姻破裂、事业失败等。有些人即使在这两方面运气都好，未尝吃大苦，却也无法避免那个一切人迟早要承受的苦难——死亡。因此，如何面对苦难，便是摆在每个人面前的重大人生课题。

人们往往把苦难看作人生中纯粹消极的、应该完全否定的东西。当然，苦难不同于主动的冒险，冒险有一种挑战的快感，而我们忍受苦难总是迫不得已的。但是，作为人生的消极面的苦难，它在人生中的意义也是完全消极的吗?

苦难与幸福是相反的东西，但它们有一个共同之处，就是都直接和灵魂有关，并且都牵涉到对生命意义的评价。在通常情况下，我们的灵魂是沉睡着的，一旦我们感到幸福或遭到苦难时，它便醒来了。如果说幸福是灵魂的巨大愉悦，这愉悦源自对生命的美好意义的强烈感受，那么，苦难之为苦难，正在于它撼动了生命的根基，打击了人对生命意义的信心，因而使灵魂陷入了巨大痛苦。生命意义仅是灵魂的对象，对它无论是肯定还是怀疑、否定，只要是真切的，就必定是灵魂在出场。外部的事件再悲惨，如果它没有震撼灵魂，成为一个精神事件，就称不上是苦难。一种东西能够把灵魂震醒，使之处于虽然痛苦却富有生机的紧张状态，应当说它必具有某种精神价值。

多数时候，我们生活在外部世界上。我们忙于琐碎的日常生活，忙于工作、交际和娱乐，难得有时间想一想自己，也难得有时间想一想人生。可是，当我们遭到厄运时，我们忙碌的身子停了下来。厄运打断了我们所习惯的生活，同时也提供了一个机会，迫使我们与外界事物拉开了一个距离，回到了自己。只要我们善于利用这个机会，肯去思考，就会对人生获得一种新眼光。古罗马哲学家认为逆境启迪智慧，佛教把对苦难的认识看作觉悟的起点，都自有其深刻之处。人生固有悲剧的一面，对之视而不见未免肤浅。当然，我们要注意不因此而看破红尘。我相信，一个历尽坎坷而仍然热爱人生的人，他胸中一定藏着许多从痛苦中提炼的珍宝。

苦难不仅提高我们的认识，而且提高我们的人格。苦难是人格的试金石，面对苦难的态度最能表明一个人是否具有内在的尊严。譬如失恋，只要失恋者真心爱那个弃他而去的人，他就不可能不感到极大的痛苦。但是，同为失恋，有的人因此自暴自弃，萎靡不振；有的人为之反目为仇，甚至行凶报复；有的人则怀着自尊和对他人感情的尊重，默默地忍受痛苦，其间便有人格上的巨大差异。当然，每个人的人格并非一成不变的，他对痛苦的态度本身也在铸造着他的人格。不论遭受怎样的苦难，只要他始终警觉着他拥有采取何种态度的自由，并勉励自己以一种坚忍高贵的态度承受苦难，他就比任何时候都更加有效地提高着自己的人格。

凡苦难都具有不可挽回的性质。不过，在多数情况下，这只是指不可挽回地丧失了某种重要的价值，但同时人生中毕竟还存在着别的一些价值，它们鼓舞着受苦者承受眼前的苦难。譬如说，一个失恋者即使已经对爱情根本失望，他仍然会为了事业或为了爱他的亲人活下去。但是，世上有一种苦难，不但本身不可挽回，而且意味着其余一切价值的毁灭，因而不可能从别的方面汲取承受它的勇气。在这种绝望的境遇中，如果说承受苦难仍有意义，那么，这意义几乎就唯一地在于承受苦难的方式本身了。第二次世界大战时，有一个名叫弗兰克的人被关进了奥斯维辛集中营。凡是被关进这个集中营的人几乎没有活着出来的希望，等待着他们的是毒气室和焚尸炉。弗兰克的父母、妻子、哥哥确实都遭到了这种厄运。但弗兰克极其偶然地活了下来，他写了一本非常感人的书讲他在集中营里的经历和思考。在几乎必死的前景下，他之所以没有被集中营里非人的苦难摧毁，正是因为他从承受苦难的方式中找到了生活的意义。他说得好：以尊严的方式承受苦难，这是一项实实在在的内在成就，因为它证明了人在任何时候都拥有不可剥夺的精神自由。事实上，我们每个人都终归要面对一种没有任何前途的苦难，那就是死亡，而以尊严的方式承受死亡的确是我们精神生活的最后一项伟大成就。

第二章

独处也是一种能力

独处是灵魂生长的必要空间，在独处时，我们从别人和事务中抽身出来，回到了自己。

论 孤 独

你与你的亲人、友人、熟人、同时代人一起穿过岁月，你看见他们在你的周围成长和衰老。可是，你自己依然是在孤独中成长和衰老的，你的每一个生命年代仅仅属于你，你必须独自承担岁月在你的心灵上和身体上的刻痕。

和别人混在一起时，我向往孤独。孤独时，我又向往看到我的同类。但解除孤独毕竟只能靠相爱相知的人，其余的人扰乱了孤独，反而使人更感孤独，犹如一种官能，因为受到刺激而更加意识到自己的存在。孤独和喧嚣都难以忍受。如果一定要忍受，我宁可选择孤独。

学会孤独，学会与自己交谈，听自己说话——就这样去学会深刻。当然前提是：如果孤独是可以学会的话。

心灵的孤独与性格的孤僻是两回事。

孤僻属于弱者，孤独属于强者。两者都不合群，但前者是因为惧怕受到伤害，后者是因为精神上的超群卓绝。

孤独是因为内容独特而不能交流，孤僻却并无独特的内容，只是因为性格的疾病而使交流发生障碍。

一个特立独行的人而又不陷于孤独，这怎么可能呢？然而，尽管注定孤独，仍然会感觉到孤独的可怕和难以忍受。上帝给了他一个与众不同的灵魂，却又赋予他与普通人一样的对于人间温暖的需要，这正是悲剧性之所在。

越是丰盈的灵魂，往往越能敏锐地意识到残缺，有越强烈的孤独感。在内在丰盈的衬照下，方见人生的缺憾。反之，不谙孤独也许正意味着内在的贫乏。

孤独与创造，孰为因果？也许是互为因果。一个疏于交往的人会更多地关注自己的内心世界，一个人专注于创造也会导致人际关系的疏远。

那些不幸的天才，例如尼采和凡·高，他们最大的不幸并不在于无人理解，因为精神上的孤独是可以用创造来安慰的，而恰恰在于得不到普通的人间温暖，活着时就成了被人群遗弃的孤魂。

孤独者必不合时宜。然而，一切都可以成为时髦，包括孤独。

凡人群聚集之处，必有孤独。我怀着我的孤独，离开人群，来到郊外。我的孤独带着如此浓烈的爱意，爱着田野里的花朵、小草、树木和河流。

原来，孤独也是一种爱。

由于怀着爱的希望，孤独才是可以忍受的，甚至是甜蜜的。当我独自在田野里徘徊时，那些花朵、小草、树木、河流之所以能给我以慰藉，正是因为我隐约预感到，我可能会和另一个同样爱它们的灵魂相遇。

孤独是人的宿命，它基于这样一个事实：我们每个人都是这世界上一个旋生旋灭的偶然存在，从无中来，又要回到无中去，没有任何人任何事情能够改变我们的这个命运。

是的，甚至连爱也不能。凡是领悟人生这样一种根本性孤独的人，便已经站到了一切人间欢爱的上方，爱得最热烈时也不会做爱的奴隶。

爱可以抚慰孤独，却不能也不该消除孤独。如果爱妄图消除孤独，就会失去分寸，走向反面。

分寸感是成熟的爱的标志，它懂得遵守人与人之间必要的距离，这个距离意味着对于对方作为独立人格的尊重，包括尊重对方独处的权利。

人在世上是需要有一个伴的。有人在生活上疼你，终归比没有好。至于精神上的幸福，这只能靠你自己——永远如此。只要你心中的那个美好的天地完好无损，那块新大陆常新，就没有人能夺走你的幸福。

在我的生活中不能没有这样一个伴侣，我和她互相视为命根子，真正感到谁也缺不了谁。我自问是一个很有自我的人，能够欣赏孤独、寂寞、独处的妙趣，但我就是不能没有这样一个伴侣，如果没有，孤独、寂寞、独处就会失去妙趣，我会感到自己孤零零地生活在无边的荒漠中。

我把我的孤独丢失在路上了。许多热心人围着我，要帮我寻找。我等着他们走开。如果他们不走开，我怎么能找回我的孤独呢？如果找不回我的孤独，我又怎么来见你呢？

孤独源于爱，无爱的人不会孤独。

也许孤独是爱的最意味深长的赠品，受此赠礼的人从此学会了爱自己，也学会了理解别的孤独的灵魂和深藏于它们之中的深邃的爱，从而为自己建立了一个珍贵的精神世界。

爱可以抚慰孤独，却不能也不该消除孤独。

孤独的价值

1

我很有兴味地读完了英国医生安东尼·斯托尔所著的《孤独》一书。在我的概念中，孤独是一种具有形而上意味的人生境遇和体验，为哲学家、诗人所乐于探究或描述。我曾担心，一个医生研究孤独，会不会有职业偏见，把它仅仅视为一种病态呢？令我满意的是，作者是一位有着相当人文修养的精神科医生，善于把开阔的人文视野和精到的专业眼光结合起来，因此不但没有抹杀，反而更有说服力地揭示了孤独在人生中的价值，其中也包括它的心理治疗作用。

事实上，精神科医学的传统的确是把孤独仅仅视为一种病态。按照这一传统的见解，亲密的人际关系是精神健全的最重要标志，是人生意义和幸福的主要源泉甚至唯一源泉。反之，一个成人倘若缺乏建立亲密的人际关系的能力，便表明他的精神成熟进程受阻，亦即存在着某种心理疾患，需要加以治疗。斯托尔写这本书的主旨正是要反对这种偏颇性，在自己的专业领域内为孤独“正名”。他在肯定人际关系的价值的同时，着重论证了孤独也是人生意义的重要源泉，对于具有创造天赋的人来说，甚至是决定性的源泉。

其实，对孤独的贬损并不限于今天的精神科医学领域。早在《伊利亚特》中，荷马已经把无家无邦的人斥为自然的弃物。亚里士多德在他的《政治学》中据以发挥，断言人是最合群的动物，接着说出了一句名言：“离群索居者不是野兽，便是神灵。”这话本身说得很漂亮，但他的用意是在前半句，拉扯开来大做文章，压根儿不再提后半句。后来培根引用这话时，干脆说只有前半句是真理，后半句纯属邪说。既然连某些大哲学家也对孤独抱有成见，我就很愿意结合着读斯托尔的书的心得，来说一说我对孤独的价值的认识。

2

交往和独处原是人在世上生活的两种方式，对于每个人来说，这两种方式都是必不可少的，只是比例很不相同罢了。由于性格的差异，有的人更爱交往，有的人更喜独处。人们往往把交往看作一种能力，却忽略了独处也是一种能力，并且在一定意义上是比交往更为重要的一种能力。反过来说，不擅交际固然是一种遗憾，不耐孤独也未尝不是一种很严重的缺陷。

从心理学的观点看，人之需要独处，是为了进行内在的整合。所谓整合，就是把新的经验放到内在记忆中的某个恰当位置上。唯有经过这一整合的过程，外来的印象才能被自我所消化，自我也才能成为一个既独立又生长着的系统。所以，有无独处的能力，关系到一个人能否真正形成一个相对自足的内心世界，而这又会进而影响到他与外部世界的关系。斯托尔引用温尼考特的见解指出，那种缺乏独处能力的人只具有“虚假的自我”，因此只是顺从而不是体验外部世界，世界对于他仅是某种必须适应的对象，而不是可以满足他的主观性的场所，这样的人生当然就没有意义。

事实上，无论活得多么热闹，每个人都必定有最低限度的独处时间，那便是睡眠。不管你与谁同睡，你都只能独自进入你的梦乡。同床异梦是一切人的命运，同时却也是大自然的恩典，在心理上有其必要性。据有的心理学家推测，梦具有与独处相似的整合功能，而不能正常做梦则可能造成某些精神疾患。另一个例子是居丧。对丧亲者而言，最重要的不是他人的同情和劝慰，而是在独处中顺变。正像斯托尔所指出的：“这种顺变的过程非常私密，因为事关丧亲者与死者之间的亲密关系，这种关系别人没有分享过，也不能分享。”

居丧的本质是面对亡灵时“一个人内心孤独的深处所发生的某件事”。如果人为地压抑这个哀伤过程，则也会导致心理疾病。

关于孤独对于心理健康的价值，书中还有一些有趣的谈论。例如，对外界刺激做出反应是动物的本能，“不反应的能力”则是智慧的要素。又例如，“感觉过剩”的祸害并不亚于“感觉剥夺”。总之，我们不能一头扎在外部世界和人际关系里，而放弃了对内在世界的整合。斯托尔的结论是：内在的心理经验是最奥妙、最有疗效的。荣格后期专门治疗中年病人，他发现，他的大多数病人都很能适应社会，且有杰出的成就，“中年危机”的原因就在于缺少内心的整合，通俗地说，也就是缺乏个性，因而仍然不免感觉人生的空虚。他试图通过一种所谓“个性化过程”的方案加以治疗，使这些病人找到真正属于自己的人生意义。我怀疑这个方案是否当真有效，因为我不相信一个人能够通过心理治疗而获得他本来所没有的个性。不过，有一点倒是可以确定的，即个性以及基本的孤独体验乃是人生意义问题之思考的前提。

3

人类精神创造的历史表明，孤独更重要的价值在于孕育、唤醒和激发精神的创造力。我们难以断定，这一点是否对所有的人都适用，抑或仅仅适用于那些有创造天赋的人。我们至少应该相信，凡正常人皆有创造力的潜质，区别仅在量的大小而已。

一般而论，人的天性是不愿忍受长期的孤独的，长期的孤独往往是被迫的。然而，正是在被迫的孤独中，有的人的创造力意外地得到了发展的机会。一种情形是牢狱之灾，文化史上的许多传世名作就诞生在牢狱里。例如，波伊提乌斯的《哲学的慰藉》、莫尔的《纾解忧愁之对话》、雷利的《世界史》，都是作者在被处死刑之前的囚禁期内写作的。班扬的《天路历程》、陀思妥耶夫斯基的《死屋手记》也是在牢狱里酝酿的。另一种情形是疾病。斯托尔举了耳聋造成的孤独的例子，这种孤独反而激发了贝多芬、戈雅的艺术想象力。在疾病促进创作方面，我们可以续上一个包括尼采、普鲁斯特在内的长长的名单。太史公所说“左丘失明，厥有《国语》，孙子膑脚，《兵法》修列”，等等，也涉及了牢狱和疾病之灾与创作的关系，虽然他更多地着眼于苦难中的发愤。强制的孤独不只是造成了一种必要，迫使人把被压抑的精力投于创作，而且我相信，由于牢狱或疾病把人同纷繁的世俗生活拉开了距离，人是会因此获得看世界和人生的一种新的眼光的，而这正是孕育出大作品的重要条件。

不过，对于大多数天才来说，他们之陷于孤独不是因为外在的强制，而是由于自身的气质。大体说来，艺术的天才，例如作者所举的卡夫卡、吉卜林，多是忧郁型气质，而孤独中的写作则是一种自我治疗的方式。如同一位作家所说：“我写忧郁，是为了使自己无暇忧郁。”只是一开始作为一种补偿的写作，后来便获得了独立的价值，成了他们乐在其中的生活方式。创作过程无疑能够抵御忧郁，所以，据精神科医生们说，只有那些创作力衰竭的作家才会找他们去治病。但是，据我所知，这时候的忧郁往往是不治的，这类作家的结局不是潦倒便是自杀。另一类是思想的天才，例如作者所举的牛顿、康德、维特根斯坦，则相当自觉地选择了孤独，以便保护自己的内在世界,可以不受他人干扰地专注于意义和秩序的寻求。这种专注和气功状态有类似之处，所以，包括这三人在内的许多哲学家都长寿，也许不是偶然的。

让我回到前面所引的亚里士多德的名言。一方面，孤独的精神创造者的确是野兽，也就是说，他们在社会交往的领域里明显地低于一般人的水平，不但相当无能，甚至有着难以克服的精神障碍。在社交场合，他们往往笨拙而且不安。有趣的是，人们观察到，他们倒比较容易与小孩或者动物相处，那时候他们会感到轻松自在。另一方面，他们却同时又是神灵，也就是说，他们在某种意义上已经超出或不很需要通常的人际交往了，对于他们来说，创造而不是亲密的依恋关系成了生活意义的主要源泉。所以，还是尼采说得贴切，他在引用了“离群索居者不是野兽，便是神灵”一语之后指出：亚里士多德“忽略了第三种情形：必须同时是二者——哲学家……”

4

孤独之为人生的重要体验，不仅是因为唯有在孤独中，人才能与自己的灵魂相遇，而且是因为唯有在孤独中，人的灵魂才能与上帝、与神秘、与宇宙的无限之谜相遇。正如托尔斯泰所说，在交往中，人面对的是部分和人群，而在独处时，人面对的是整体和万物之源。这种面对整体和万物之源的体验，便是一种广义的宗教体验。

在世界三大宗教的创立过程中，孤独的经验都起了关键作用。释迦牟尼的成佛，不但是在出家以后，而且是在离开林中的那些苦行者以后，他是独自在亚穆纳河畔的菩提树下连日冥思，而后豁然彻悟的。耶稣也是在旷野度过了四十天，然后才向人宣示救世的消息。穆罕默德在每年的斋月期间，都要到希拉山的洞窟里隐居。

我相信这些宗教领袖决非故弄玄虚。斯托尔所举的例子表明，在自愿的或被迫的长久独居中，一些普通人同样会产生一种与宇宙融合的“忘形的一体感”，一种“与存在本身交谈”的体验。而且，曾经有过这种体验的人都表示，那些时刻是一生中最美妙的，对他们的生活观念发生着永久的影响。一个人未必因此就要皈依某一宗教，其实今日的许多教徒并没有真正的宗教体验，一个确凿的证据是，他们不是在孤独中而必须是在寺庙和教堂里，在一种实质上是公众场合的仪式中，方能领会一点宗教的感觉。然而，这种所谓的宗教感，与始祖们在孤独中感悟的境界已经风马牛不相及了。

真正的宗教体验把人超拔出俗世琐事，倘若一个人一生中从来没有过类似的体验，他的精神视野就未免狭隘。尤其是对于一个思想家来说，这肯定是一种精神上的缺陷。一个恰当的例子是弗洛伊德。在与他的通信中，罗曼·罗兰指出：宗教感情的真正来源是“对永恒的一种感动，也就是一种无边无际的大洋似的感觉”。弗洛伊德承认他毫无此种体验，而按照他的解释，所谓与世界合为一体的感觉仅是一种逃避现实的自欺，犹如婴儿在母怀中寻求安全感一样，属于精神退化现象。这位目光锐利的医生总是习惯于把一切精神现象还原成心理现象，所以，他诚然是一位心理分析大师，却终究不是真正意义上的大思想家。

5

在斯托尔的书中，孤独的最后一种价值好像是留给人生的最后一个阶段的。他写道：“虽然疾病和伤残使老年人在肉体上必须依赖他人，但是感情上的依赖却逐渐减少。老年人对人际关系经常不大感兴趣，较喜欢独处，而且渐渐地较专注于自己的内心。”作者显然是赞赏这一变化的，因为它有助于老年人摆脱对人世的依恋，为死亡做好准备。

中国的读者也许会提出异议。我们目睹的事实是，今天中国的老年人比年轻人更喜欢集体活动，他们聚在一起扭秧歌、跳交谊舞，活得十分热闹，成为中国街头的一大景观。然而，凡是到过欧美的人都知道，斯托尔的描述至少对于西方人是准确的，那里的老年人都很安静，绝无扎堆喧闹的癖好。他们或老夫老妻做伴，或单独一人，坐在公园里晒太阳，或者作为旅游者去看某处的自然风光。当然，我们不必在中西养老方式之间进行褒贬。老年人害怕孤独或许是情有可原的，孤独使他们清醒地面对死亡的前景，而热闹则可使他们获得暂时的忘却和逃避。问题在于，死亡终究不可逃避，而有尊严地正视死亡是人生最后的一项光荣。所以，我个人比较欣赏西方人那种平静度过晚年的方式。

对于精神创造者来说，如果他们能够活到老年，老年的孤独心境就不但有助于他们与死亡和解，而且会使他们的创作进入一个新的境界。斯托尔举了贝多芬、李斯特、巴赫、勃拉姆斯等一系列作曲家的例子，证明他们晚年的作品都具有更加深入自己的精神领域、不太关心听众的接受的特点。一般而言，天才晚年的作品是更空灵、更超脱、更形而上的，那时候他们的灵魂已经抵达天国的门口，人间的好恶和批评与他们无关了。歌德从三十八岁开始创作《浮士德》，直到临死前夕即他八十二岁时才完成，应该不是偶然的。

独处是人生中的美好时刻和美好体验，

虽则有些寂寞，寂寞中却又有一种充实。

独处是一种能力

人们往往把交往看作一种能力，却忽略了独处也是一种能力，并且在一定意义上是比交往更为重要的一种能力。反过来说，不擅交际固然是一种遗憾，不耐孤独也未尝不是一种很严重的缺陷。

独处也是一种能力，并非任何人任何时候都可具备的。具备这种能力并不意味着不再感到寂寞，而在于安于寂寞并使之具有生产力。人在寂寞中有三种状态。一是惶惶不安，茫无头绪，百事无心，一心逃出寂寞；二是渐渐习惯于寂寞，安下心来，建立起生活的条理，用读书、写作或别的事务来驱逐寂寞；三是寂寞本身成为一片诗意的土壤、一种创造的契机，诱发出关于存在、生命、自我的深邃思考和体验。

独处是人生中的美好时刻和美好体验，虽则有些寂寞，寂寞中却又有一种充实。独处是灵魂生长的必要空间，在独处时，我们从别人和事务中抽身出来，回到了自己。这时候，我们独自面对自己和上帝，开始了与自己的心灵以及与宇宙中的神秘力量的对话。一切严格意义上的灵魂生活都是在独处时展开的。和别人一起谈古说今，引经据典，那是闲聊和讨论；唯有自己沉浸于古往今来大师们的杰作之时，才会有真正的心灵感悟。和别人一起游山玩水，那只是旅游；唯有自己独自面对苍茫的群山和大海之时，才会真正感受到与大自然的沟通。

从心理学的观点来看，人之需要独处，是为了进行内在的整合。所谓整合，就是把新的经验放到内在记忆中的某个恰当位置上。唯有经过这一整合的过程，外来的印象才能被自我所消化，自我也才能成为一个既独立又生长着的系统。所以，有无独处的能力，关系到一个人能否真正形成一个相对自足的内心世界，而这又会进而影响到他与外部世界的关系。

怎么判断一个人究竟有没有他的“自我”呢？有一个可靠的检验方法，就是看他能不能独处。当你自己一个人待着时，你是感到百无聊赖，难以忍受呢，还是感到一种宁静、充实和满足？

对于独处的爱好与一个人的性格完全无关，爱好独处的人同样可能是一个性格活泼、喜欢朋友的人，只是无论他怎么乐于与别人交往，独处始终是他生活中的必需。在他看来，一种缺乏交往的生活当然是一种缺陷，一种缺乏独处的生活则简直是一种灾难了。

世上没有一个人能够忍受绝对的孤独。但是，绝对不能忍受孤独的人却是一个灵魂空虚的人。世上正有这样的一些人，他们最怕的就是独处，让他们和自己待一会儿，对于他们简直是一种酷刑。只要闲了下来，他们就必须找个地方去消遣。他们的日子表面上过得十分热闹，实际上他们的内心极其空虚。他们所做的一切都是为了想方设法避免面对面看见自己。对此我只能有一个解释，就是连他们自己也感觉到了自己的贫乏，和这样贫乏的自己待在一起是顶没有意思的，再无聊的消遣也比这有趣得多。这样做的结果是他们变得越来越贫乏，越来越没有了自己，形成了一个恶性循环。

自己的园地

你们读过法国作家圣埃克苏佩里写的《小王子》吗？如果没有，那就太可惜了，一定要找来读一读。在我看来，它是世界上最棒的一篇童话，哪怕你们拿全世界的唐老鸭和圣斗士来跟我交换，我也决不肯。

童话的主人公是一个小王子，他住在一颗只比他大一点儿的星球上，与一株玫瑰为伴，天天为她浇水。有一天，他和玫瑰花拌了几句嘴，心里烦，便离开他的星球，出去漫游了。他先后到达六颗星球，遇见了一些可笑的大人。例如有一个商人，他的全部事情就是计算星星，他把这叫作“占有”。他就为“占有”而活着。他告诉小王子，他已经“占有”了五亿零一百六十二万二千七百三十一颗星星。小王子问他：“你拿它们做什么呢？”他答：“我把它们存到银行里去。”小王子不明白这是什么意思，商人便解释说：“这就是说，我在一张纸条上写下我的星星的数目，然后把这张纸条锁在抽屉里。”小王子问：“这就完了吗？”商人答：“当然，这样我就很富啦。”在别的星球上，小王子遇见的大人们也都在为他不明白的东西活着，什么权力、虚荣、学问呀。他心想：大人们真是怪透了。

小王子最后来到地球。在一片盛开的玫瑰园里，他看见五千株玫瑰，不禁怀念起他自己的那株玫瑰来。他的那株玫瑰与眼前这些玫瑰长得一模一样，但他却觉得她是独一无二的。这是为什么呢？一只聪明的狐狸告诉他：“是你为你的玫瑰花费的时间，使你的玫瑰变得这么重要。对于你使之驯服的东西，你是负有责任的。”

这句话说得好极了。一个人活在世上，必须有自己真正爱好的事情，才会活得有意思。这爱好完全是出于他的真性情的，而不是为了某种外在的利益，例如为了金钱、名声之类。他喜欢做这件事情，只是因为他觉得事情本身非常美好，他被事情的美好所吸引。这就好像一个园丁，他仅仅因为喜欢而开辟了一块自己的园地，他在其中培育了许多美丽的花木，为它们倾注了自己的心血。当他在自己的园地上耕作时，他心里非常踏实。无论他走到哪里，他也都会牵挂着那些花木，如同母亲牵挂着自己的孩子。这样一个人，他一定会活得很充实的。相反，一个人如果没有自己的园地，不管他当多大的官，做多大的买卖，他本质上始终是空虚的。这样的人一旦丢了官、破了产，他的空虚就暴露无遗了，会惶惶然不可终日，发现自己在世界上无事可做，也没有人需要他，自己成了一个多余的人。

事实上，我们在小时候往往都是有真性情的。就像小王子所说的：“只有孩子们知道他们在寻找些什么，他们会为了一个破布娃娃而不惜让时光流逝，于是那布娃娃就变得十分重要，一旦有人把它拿走，他们就哭了。”孩子并不问破布娃娃值多少钱，它当然不值钱啦，可是，他们天天抱着它，和它说话，便对它有了感情，它就比一切值钱的东西更有价值了。一个人在衡量任何事物时，看重的是它们在自己生活中的意义，而不是它们在市场上能卖多少钱，这样一种生活态度就是真性情。你们长大了当然不会再抱着一个破布娃娃不放，但是我希望你们不要丢掉小时候对待破布娃娃的这种态度，不要丢掉真性情，不要丢掉自己真正的爱好。

小王子十分幸运，他在地球上终于遇见了一个能够理解他的大人，那就是这篇童话的作者。他和小王子特别谈得来，不过，正因为如此，他在大人们中间真是非常孤独。他和大人们谈什么都谈不通，就只好和他们谈桥牌、高尔夫球、政治、领带什么的，而他们也就很高兴自己结识了一个正经人。后来，小王子因为想念他的玫瑰花，回到那个小星球上去了。那么，现在这位圣埃克苏佩里在哪里呢？他是第二次世界大战时法国最出色的飞行员，在一次飞行中失踪了。我相信，他一定是去寻找他的小王子了。

世界愈喧闹，我内心愈安静

我发现，世界越来越喧闹，而我的日子越来越安静了。我喜欢过安静的日子。

当然，安静不是静止，不是封闭，如井中的死水。我刚离开学校时，被分配到一个边远山区，生活平静而又单调。

后来，时代突然改变，人们的日子如同解冻的江河，又在阳光下的大地上纵横交错了。我也像是一条积压了太多能量的河，生命的浪潮在我的河床里奔腾起伏，把我的成年岁月变成了一道动荡不宁的急流。而现在，我又重归于平静了。不过，这是跌宕之后的平静。在经历了许多冲撞和曲折之后，我的生命之河仿佛终于来到一处开阔的谷地，汇蓄成一片浩渺的湖泊。我曾经流连于阿尔斯山麓的湖畔，看雪山、白云和森林的倒影伸展在蔚蓝的神秘之中。我知道，湖中的水仍在流转，是湖的深邃才使得湖面寂静如镜。

我的日子真是很安静。每天，我在家里读书和写作，外面各种热闹的圈子和聚会都与我无关。我和妻子、女儿一起品尝着普通的人间亲情，外面各种寻欢作乐的场所和玩意儿也都和我无关。我对这样的日子很满意，因为我的心境也是安静的。

也许，每一个人在生命中的某个阶段是需要某种热闹的。那时候，饱涨的生命力需要向外奔突，去为自己寻找一条河道，确定一个流向。但是，一个人不能永远停留在这个阶段。托尔斯泰如此自述："随着岁月增长，我的生命越来越精神化了。"人们或许会把这解释为衰老的征兆，但是，我清楚地知道，即使在老年时，托尔斯泰也比所有的同龄人，甚至比许多年轻人更充满生命力。毋宁说，唯有强大的生命力才能逐步朝精神化的方向发展。

现在我觉得，人生最好的境界是丰富的安静。泰戈尔曾说："外在世界的运动无穷无尽，证明了其中没有我们可以达到的目标，目标只能在别处，即在精神内在世界里。在那里，我们最为深切地渴望的乃是成就之上的安宁。在那里，我们遇见我们的上帝。"他接着说明："上帝就是灵魂里永远在休息的情爱。"他所说的情爱应是广义的，指创造的成就，精神的富有，博大的爱心，而这一切都超越于俗世的争斗，处在永久和平之中。这种境界，正是丰富的安静之极致。

我并不完全排斥热闹，热闹也可以是有内容的。但是，热闹总归是外部活动的特征。而任何外部活动倘若没有一种精神追求主其动力，没有一种精神价值为其目标，那么，不管表面上多么轰轰烈烈、有声有色，本质上必定是贫乏和空虚的。我对一切太喧嚣的事业和一切太张扬的感情都心存怀疑，它们总是使我想起莎士比亚对生命的嘲讽："充满了声音和狂热，里面空无一物。"

人人都是孤儿

我们为什么会渴望爱？我们心中为什么会有爱？我的回答是：因为我们人人都是孤儿。

当然，除了极少数的例外，我们每个人降生时都是有父有母的，随后又都在父母的抚养下逐渐长大成人。可是，仔细想想，父母之孕育我们是一件多么偶然的事啊。大千世界里，凭什么说那个后来成为你父亲的男人与那个后来成为你母亲的女人就一定会相识，一定会结合，并且又一定会在那个刚好能孕育你的时刻做爱？而倘若他们没有相识，或相识了没有结合，或结合了没有在那个时刻做爱，就压根儿不会有你！这个道理可以一直往上推，只要你的祖先中有一对未在某个特定的时刻做爱，就不会有后来导致你诞生的所有世代，也就不会有你。如此看来，我们每一个人都是茫茫宇宙间极其偶然的产物，造化只是借了同样是偶然产物的我们父母的身躯把我们从虚无中产生了出来。

父母既不是我们在这个世界上诞生的必然根据，也不能成为保护我们免受人世间种种苦难的可靠屏障。也许在童年的短暂时间里，我们相信在父母的怀抱中找到了万无一失的安全。然而，终有一天，我们会明白，凡降于我们身上的苦难，不论是疾病、精神的悲伤还是社会性的挫折，我们都必须自己承受，再爱我们的父母也是无能为力的。最后，当死神召唤我们的时候，世上绝没有一个父母的怀抱可以使我们免于一死。

因此，从茫茫宇宙的角度看，我们每一个人的确都是无依无靠的孤儿，偶然地来到世上，又必然地离去。正是因为这种根本性的孤独境遇，才有了爱的价值、爱的理由。人人都是孤儿，所以人人都渴望有人爱，都想要有人疼。我们并非只在年幼时需要来自父母的疼爱，即使在年长时从爱侣那里，年老时从晚辈那里，孤儿寻找父母的隐秘渴望都始终伴随着我们，我们仍然期待着父母式的疼爱。另外，如果我们想到与我们一起暂时居住在这颗星球上的任何人，包括我们的亲人，都是宇宙中的孤儿，我们心中就会产生一种大悲悯，由此而生出一种博大的爱心。我相信，爱心最深厚的基础是在这种大悲悯之中，而不是在别的地方。譬如说性爱，当然是离不开性欲的冲动或志趣的相投的，但是，假如你没有那种把你的爱侣当作一个孤儿来疼爱的心情，我敢断定你的爱情还是比较自私的。即使是子女对父母的爱，其中最刻骨铭心的因素也不是受了养育之后的感恩，而是无法阻挡父母老去的绝望，在这种绝望之中，父母作为无人能够保护的孤儿的形象清晰地展现在了你的眼前。

一切高贵的情感都羞于表白，一切深刻的体验都拙于言辞。

认识你自己

“认识你自己！”——这是铭刻在希腊圣城德尔斐神殿上的著名箴言，希腊和后来的哲学家喜欢引用来规劝世人。

对这句箴言可做三种理解：

其一，人要有自知之明。有人问泰勒斯，什么是最困难之事，回答是：“认识你自己。”接着的问题：什么是最容易之事？回答是：“给别人提建议。”这位最早的哲人显然是在讽刺世人，世上有自知之明者寥寥无几，好为人师者比比皆是。苏格拉底更进一步，从这句箴言中看到了神对人的要求，就是人应该知道自己的限度，承认自己在宇宙最高秘密面前是无知的。“我知道我一无所知”——

因为这句话，他被德尔斐神谕称作全希腊最智慧的人。

其二，每个人身上都藏着人性的秘密，都可以通过认识自己来认识人性。事实上，自古至今，一切伟大的人性认识者都是真诚的反省者，他们无情地把自己当作标本，借之反而对人性有了深刻而同情的理解。

其三，每个人都是一个独一无二的个体，都应该认识自己独特的禀赋和价值，从而自我实现，真正成为自己。

与自己谈话的能力

有人问犬儒派创始人安提斯泰尼，哲学给他带来了什么好处，回答是：“与自己谈话的能力。”

我们经常与别人谈话，内容大抵是事务的处理、利益的分配、是非的争执、恩怨的倾诉、公关、交际、新闻等。独处的时候，我们有时也在心中说话，细察其内容，仍不外乎上述这些，因此实际上也是在对别人说话，是对别人说话的预演或延续。我们真正与自己谈话的时候是十分稀少的。

要能够与自己谈话，必须把心从世俗事务和人际关系中摆脱出来，回到自己。这是发生在灵魂中的谈话，是一种内在生活。哲学教人立足于根本审视世界，反省人生，带给人的就是过内在生活的能力。

与自己谈话的确是一种能力，而且是一种罕见的能力。有许多人，你不让他说凡事俗务，他就不知道说什么好了。他只关心外界的事情，结果也就只拥有仅仅适合于与别人交谈的语言了。这样的人面对自己当然无话可说。可是，一个与自己无话可说的人，难道会对别人说出什么有意思的话吗？哪怕他谈论的是天下大事，你仍感到是在听市井琐闻，因为在里面找不到那个把一切联结为整体的核心，那个照亮一切的精神。

每个人都是一个宇宙

1

我的怪癖是喜欢一般哲学史不屑记载的哲学家，宁愿绕开一个个曾经显赫一时的体系的颓宫，到历史的荒村陋巷去寻找他们的足迹。爱默生就属于这些我颇愿结识一番的哲学家之列。

我对爱默生向往已久。在我的精神旅行图上，我早已标出那个康科德小镇的方位。尼采常常提到他。如果我所喜欢的某位朋友常常情不自禁地向我提起他所喜欢的一位朋友，我知道我也准能喜欢他的这位朋友。

作为美国文艺复兴的领袖和杰出的散文大师，爱默生已名垂史册。作为一名哲学家，他却似乎进不了哲学的“正史”。他是一位长于灵感而拙于体系的哲学家。他的“体系”，所谓超验主义，如今在美国恐怕也没有人认真看待了。如果我试图对他的体系做一番条分缕析的解说，就未免太迂腐了。我只想受他灵感的启发，随手写下我的感触。超验主义死了，但爱默生的智慧永存。

2

也许没有一个哲学家不是在实际上试图建立某种体系，赋予自己最得意的思想以普遍性形式。声称反对体系的哲学家也不例外。但是，大千世界的神秘不会屈从于任何公式，没有一个体系能够万古长存。幸好真正有生命力的思想不会被体系的废墟掩埋，一旦除去体系的虚饰，它们反而以更加纯粹的面貌出现在天空下，显示出它们与阳光、土地、生命的坚实联系，在我们心中唤起亲切的回响。

爱默生相信，人心与宇宙之间有着对应关系，所以每个人凭内心体验就可以认识自然和历史的真理。这就是他的超验主义，有点像主张“吾心即是宇宙”“心即理”“致良知”的宋明理学。人心与宇宙之间究竟有没有对应关系，这是永远无法在理论上证实或驳倒的。一种形而上学不过是一种信仰，其作用只是用来支持一种人生态度和价值立场。我宁可直接面对这种人生态度和价值立场，而不去追究它背后的形而上学信仰。于是我看到，爱默生想要表达的是他对人性完美发展的可能性的期望和信心，他的哲学是一首洋溢着乐观主义精神的个性解放的赞美诗。

但爱默生的人道主义不是欧洲文艺复兴的单纯回声。他生活在 19 世纪，和同时代少数几个伟大思想家一样，他也是揭露现代资本主义社会异化现象的先知先觉者。每个人都是一个宇宙，但在现实中却成了碎片。“社会是这样一种状态，每一个人都像是从身上锯下来的一段肢体，昂然地走来走去，许多怪物——一个好手指，一个颈项，一个胃，一个肘弯，但是从来不是一个人。”我想起了马克思在 1844 年的手稿中对人的异化的分析。我也想起了尼采的话：“我的目光从今天望到过去，发现比比皆是：碎片、断肢和可怕的偶然——可是没有人！”他们的理论归宿当然截然不同，但都同样热烈怀抱着人性全面发展的理想。往往有这种情况：同一种激情驱使人们从事理论探索，结果却找到了不同的理论，甚至彼此成为思想上的敌人。但是，真的是敌人吗？

3

每个人都是一个宇宙，每个人的天性中都蕴藏着大自然赋予的创造力。把这个观点运用到读书上，爱默生提倡一种“创造性的阅读”。这就是：把自己的生活当作正文，把书籍当作注解；听别人发言是为了使自己能说话；以一个活跃的灵魂，为获得灵感而读书。

几乎一切创造欲强烈的思想家都对书籍怀着本能的警惕。蒙田曾谈到“文殛”，即因读书过多而被文字之斧砍伤，丧失了创造力。叔本华把读书太滥譬作将自己的头脑变成别人思想的跑马场。爱默生也说：“我宁愿从来没有看见过一本书，而不愿意被它的吸力扭曲过来，把我完全拉到我的轨道外面，使我成为一颗卫星，而不是一个宇宙。”

许多人热心地请教读书方法，可是如何读书其实是取决于整个人生态度的。开卷有益，也可能有害。过去的天才可以成为自己天宇上的繁星，也可以成为压抑自己的偶像。爱默生俏皮地写道：“温顺的青年人在图书馆里长大，他们相信他们的责任是应当接受西塞罗、洛克、培根的意见；他们忘了西塞罗、洛克与培根写这些书的时候，也不过是图书馆里的青年人。”我要加上一句：幸好那时图书馆的藏书比现在少得多，否则他们也许成不了西塞罗、洛克、培根了。

好的书籍是朋友，但也仅仅是朋友。与好友会晤是快事，但必须自己有话可说，才能真正快乐。一个愚钝的人，再智慧的朋友对他也是毫无用处的，他坐在一群才华横溢的朋友中间，不过是一具木偶、一个讽刺、一种折磨。每人都是一个神，然后才有奥林匹斯神界的欢聚。

我们读一本书，读到精彩处，往往情不自禁地要喊出声来：这是我的思想，这正是我想说的，被他偷去了！有时候真是难以分清，哪是作者的本意，哪是自己的混入和添加。沉睡的感受唤醒了，失落的记忆找回了，朦胧的思绪清晰了。其余一切，只是死的“知识”，也就是说，只是外在于灵魂有机生长过程的无机物。

我曾经计算过，尽我有生之年，每天读一本书，连我自己的藏书也读不完。何况还不断购进新书，何况还有图书馆里难计其数的书。这真有点令人绝望。可是，写作冲动一上来，这一切全忘了。爱默生说得漂亮:“当一个人能够直接阅读上帝的时候，那时间太宝贵了，不能够浪费在别人阅读后的抄本上。”只要自己有旺盛的创作欲，无暇读别人写的书也许是一种幸运呢。

4

有两种自信：一种是人格上的独立自主，藐视世俗的舆论和功利；一种是理智上的狂妄自大，永远自以为是，自我感觉好极了。我赞赏前一种自信，对后一种自信则总是报以几分不信任。

人在世上，总要有所依托，否则会空虚无聊。有两样东西似乎是公认的人生支柱，在讲究实际的人那里叫职业和家庭，在注重精神的人那里叫事业和爱情。食色性也，职业和家庭是社会认可的满足人的两大欲望的手段，当然不能说它们庸俗。然而，职业可能不称心，家庭可能不美满，欲望是满足了，但付出了无穷烦恼的代价。

至于事业的成功和爱情的幸福，尽管令人向往之至，却更是没有把握的事情。而且，有些精神太敏感的人，即使得到了这两样东西，还是不能摆脱空虚之感。

所以，人必须有人格上的独立自主。你诚然不能脱离社会和他人生活，但你不能一味攀缘在社会建筑物和他人身上。你要自己在生命的土壤中扎根。你要在人生的大海上抛下自己的锚。一个人如果把自己仅仅依附于身外的事物，即使是极其美好的事物，顺利时也许看不出他的内在空虚，缺乏根基，一旦起了风浪，例如社会动乱、事业挫折、亲人亡故、失恋，等等，就会一蹶不振乃至精神崩溃。正如爱默生所说："然而事实是：他早已是一只漂流着的破船，后来起的这一阵风不过向他自己暴露出他流浪的状态。"

爱默生写有长文热情歌颂爱情的魅力，但我更喜欢他的这首诗：

为爱牺牲一切，
服从你的心；
朋友，亲戚，时日，
名誉，财产，
计划，信用与灵感，
什么都能放弃。
为爱离弃一切；
然而，你听我说：

……

你须要保留今天，

明天，你整个的未来，

让它们绝对自由，

不要被你的爱人占领。

如果你心爱的姑娘另有所欢，你还她自由。

你应当知道

半人半神走了，

神就来了。

世事的无常使得古来许多贤哲主张退隐自守，清静无为，无动于衷。我厌恶这种哲学。我喜欢看见人们生气勃勃地创办事业，如痴如醉地堕入情网，痛快淋漓地享受生命。但是，不要忘记了最主要的事情：你仍然属于你自己。每个人都是一个宇宙，每个人都应该有一个自足的精神世界。这是一个安全的场所，其中珍藏着你最珍贵的宝物，任何灾祸都不能侵犯它。心灵是一本奇特的账簿，只有收入，没有支出，人生的一切痛苦和欢乐，都化作宝贵的体验记入它的收入栏中。是的，连痛苦也是一种收入。人仿佛有了两个自我，一个自我到世界上去奋斗、去追求，也许凯旋，也许败归，另一个自我便含着宁静的微笑，把这遍体汗水和血迹的哭着笑着的自我迎回家来，把丰厚的战利品指给他看，连败归者也有一份。

爱默生赞赏儿童身上那种不怕没得饭吃、说话做事从不半点随人的王公贵人派头。一到成年，人就注重别人的观感，得失之患多了。我想，一个人在精神上真正成熟之后，又会返璞归真，重获一颗自足的童心。他消化了社会的成规习见，把它们扬弃了。

5

还有一点余兴，也一并写下。有句成语叫大智若愚。人类精神的这种逆反形式很值得研究一番。我还可以举出大善若恶，大悲若喜，大信若疑，大严肃若轻浮。在爱默生的书里，我也找到了若干印证。

悲剧是深刻的，领悟悲剧也须有深刻的心灵。“性情浅薄的人遇到不幸，他的感情仅仅是演说式的做作。”然而这不是悲剧。人生的险难关头最能检验一个人的灵魂深浅。有的人一生接连遭到不幸，却未尝体验过真正的悲剧情感。相反，表面上一帆风顺的人也可能经历了巨大的内心悲剧。一切高贵的情感都羞于表白，一切深刻的体验都拙于言辞。大悲者会以笑谑嘲弄命运，以欢容掩饰哀伤。丑角也许比英雄更知人生的辛酸。爱默生举了一个例子：正当喜剧演员卡里尼使整个那不勒斯城的人都笑断肚肠的时候，有一个病人去找城里的一个医生，治疗他致命的忧郁症。医生劝他到戏院去看卡里尼的演出，他回答：“我就是卡里尼。”

与此相类似，最高的严肃往往貌似玩世不恭。古希腊人就已经

一个人在精神上真正成熟之后，又会返璞归真，重获一颗自足的童心。

明白这个道理。爱默生引用普鲁塔克的话说："研究哲理而外表不像研究哲理，在嬉笑中做成别人严肃认真地做的事，这是最高的智慧。"正经不是严肃，就像教条不是真理一样。真理用不着板起面孔来增添它的权威。在那些一本正经的人中间，你几乎找不到一个严肃思考过人生的人。不，他们思考的多半不是人生，而是权力，不是真理，而是利益。真正严肃思考过人生的人知道生命和理性的限度，他能自嘲，肯宽容，愿意用一个玩笑替受窘的对手解围，给正经的论敌一个教训。他以诙谐的口吻谈说真理，仿佛故意要减弱他的发现的重要性，以便只让它进入真正知音的耳朵。

尤其是在信仰崩溃的时代，那些佯癫装疯的狂人倒是一些太严肃地对待其信仰的人。鲁迅深知此中之理，说嵇康、阮籍表面上毁坏礼教，实则倒是太相信礼教，因为不满意当权者利用和亵渎礼教，才以反礼教的过激行为发泄内心愤懑。其实，在任何信仰体制之下，多数人并非真有信仰，只是做出相信的样子罢了。于是过分认真的人就起而论究是非，阐释信仰之真谛，结果被视为异端。一部基督教史就是没有信仰的人以维护信仰之名把有信仰的人当作邪教徒烧死的历史。殉道者多半死于同志之手而非敌人之手。所以，爱默生说，伟大的有信仰的人永远被目为异教徒，终于被迫以一连串的怀疑论来表现他的信念。怀疑论实在是过于认真看待信仰或知识的结果。苏格拉底为了弄明白智慧的实质，遍访雅典城里号称有智慧的人，结果发现他们只是在那里盲目自信，其实并无智慧。到头来他认为自己仍然不知智慧为何物，说出了那句著名的话：“我知道我一无所知。”哲学史上的怀疑论者大抵都是太认真地要追究人类认识的可靠性，结果反而疑团丛生。

第三章 爱就是心疼

人在爱时都太容易在乎被爱，视为权利，在被爱时又都太容易看轻被爱，受之当然。如果反过来，有爱心而不求回报，对被爱知珍惜却不计较，人就爱得有尊严、活得有气度了。

爱情的质量

1

爱，就是在这一世寻找那个仿佛在前世失散的亲人，就是在人世间寻找那个最亲的亲人。

2

爱，就是没有理由的心疼和不设前提的宽容。

3

爱情中最重要的品质是：真诚，信任，包容。

4

爱一个人的最好的方式是：把她（他）当作独立的个人尊重她（他），把她（他）当作最亲的亲人心疼她（他）。

5

爱情的质量取决于相爱者的灵魂的质量。真正高质量的爱情只能发生在两个富有个性的人之间。

6

真正的爱情也许会让人付出撕心裂肺的代价，但一定也能使人得到刻骨铭心的收获。

7

爱情的滋味最是一言难尽，它无比甜美，带给人的却常是无奈、惆怅、苦恼和忧伤。不过，这些痛苦的体验又何尝不是爱情的丰厚赠礼，一份首先属于心灵，然后属于艺术的宝贵财富，古今中外大诗人的作品就是证明。

8

爱情是两个作为整体的人之间的情感关系。在这个情感关系中，两人的人生观、价值观是否相洽，相洽到什么程度，一定会发生重要的作用。所谓高质量的爱情，一个必要条件是相洽的程度高。

但是，爱情又不只是人生观、价值观相洽的事情。两人有共同的人生观、价值观，互相未必能发生爱情。相洽是必要条件，不是充分条件。性吸引和审美方面的强烈感受，在爱情的发生中也起着重要的作用，甚至是更重要的作用。

9

爱情是有质量之别的，最好的爱情是两个本来就仿佛有亲缘关系的灵魂一朝相遇，彼此认出，从此不再分离。无论在什么样的时代，这样的爱情都是稀少的。这并不奇怪，因为第一，前提是这两个灵魂是优秀的，如果不优秀，那算什么灵魂呢？对彼此的灵魂又会有什么寻求和辨识呢？第二，这样两个灵魂的相遇要靠运气，错过的可能比相遇的机会大得多。

所以，这样的爱情是可遇不可求的。你无法去寻找，遇上了，你就像命中注定一样不能再放弃。

10

我主张对爱情的评判持宽松的标准。爱情的形态是多种多样的，是最不能一律看待的。只要是两情相悦，不以利益为目的，就都是美好的。

11

在拥有真实爱情的前提下，追求完美是一种必然的冲动，但其作用主要是否定性的。结果未必完美，或者说，完美与否并不重要，透底地说，完美与否是没有标准可以衡量的。我说的否定性作用是指，追求完美意味着虔诚地守护爱情，决不做有损爱情的事情。它的主要成果，一是自律（用理性锁定易变的感情），二是宽容（爱和理性合力创造两人之间的自由空间）。这两点本身有助于使爱情持久和美好。

12

“两情若是久长时，又岂在朝朝暮暮。”两性关系要讲究质量，真挚而久长的爱情远胜于轻浮而短暂的风流韵事。

13

衡量两性关系有两把尺子。一是法律，凡是不违背法律的行为，均应视为私事，他人不得强行干涉；二是道德，对一切真实的感情不可做道德判断，唯有感情上的不诚实或者借感情之名牟利才是不道德的。

目的是冷漠，它使个人失去生活的意义，

我看来，当今社会最触目惊心的现象之

太重功利的社会里，冷漠会像病毒一样

更感到孤独，甚至感到愤恨。不过，让我

和愤恨也堕入冷漠，保护爱心、拒绝冷漠

魄的一份责任，也是我们对于社会的一份

疼人和被人疼两种需要。在相爱者之间，如

在对方身上获得满足，便潜伏着危机。那惯

以为，你遇到了一个只想疼人而不想被人疼

或纯粹母亲型的女人。在这茫茫宇宙间，有谁

？

的爱，只要是人间的真实的爱，就必然具有人

的烟火味。如果罗密欧与朱丽叶真能喜结良缘，

定也会发生或大或小的摩擦。我们都生活在现象

现象来体悟本质，没有人直接生活在爱的本质之中。

的生活当爱的本质展示给人们看，不用说，那肯定

做得很不高明。

爱，就是在这一世寻找那个仿佛在前世失散的亲人，就是在人世间寻找那个最亲的亲人。

爱是没有理由的心疼

爱是一份伴随着付出的关切，我们往往最爱我们倾注了最多心血的对象。

爱，就是没有理由的心疼和不设前提的宽容。

人在爱时都太容易在乎被爱，视为权利，在被爱时又都太容易看轻被爱，受之当然。如果反过来，有爱心而不求回报，对被爱知珍惜却不计较，人就爱得有尊严、活得有气度了。

与是否被爱相比，有无爱心是更重要的。一个缺少被爱的人是一个孤独的人，一个没有爱心的人则是一个冷漠的人。孤独的人只要具有爱心，他仍会有孤独中的幸福，如雪莱所说，当他的爱心在

还是对于社会来说，真正可

使社会发生道德的危机。在

一便是人心的冷漠。在一

传播，从而使有爱心的人

们记住，我们不要由孤独

乃是我们对于自己的灵

责任。

凡正常人，都兼有

果这两种需要不能同时

常被疼的一方最好不

的纯粹父亲型的男人

不是想要人疼的孤儿

多么纯粹和热

间性，沾染了人间

日久相伴，两人一

之中，都只能通过

如果有谁把自己

是在作秀，而且

他

是

爱。他

的东西

贤哲都指

爱心的父母

爱情中，也

才感到最幸福

对于个人来

朋友反目等，而

对于一个社会来说

变得冷如冰窟，荒

但我希望他们不要因

仍保有一颗爱心。应该

起爱心。不论个人还是

爱的反义词不是孤独

是会爱的，冷漠者却与爱完

恨是爱心的受挫，那么，冷漠

男人眼中的女人

1

女人是男人的永恒话题。

男人不论雅俗智愚，聚在一起谈得投机时，话题往往落到女人身上。由谈不谈女人，大致可以判断出聚谈者的亲密程度。男人很少谈男人。女人谈女人却不少于谈男人，当然，她们更投机的话题是时装。

有两种男人最爱谈女人：女性蔑视者和女性崇拜者。两者的共同点是欲望强烈。历来关于女人的最精彩的话都是从他们口中说出的。那种对女性持公允折中立场的人说不出什么精彩的话，女人也不爱听，她们很容易听出公允折中背后的欲望乏弱。

2

古希腊名妓弗里妮被控犯有不敬神之罪，审判时，律师解开她的内衣，法官们看见她的美丽的胸脯，便宣告她无罪。

这个著名的例子只能证明希腊人爱美，不能证明他们爱女人。

相反，希腊人往往把女人视为灾祸。在《荷马史诗》中，海伦私奔导致了长达十年的特洛伊战争。按照赫西俄德的神话故事，宙斯把女人潘多拉赐给男人乃是为了惩罚和降灾。阿耳戈的英雄伊阿宋祈愿人类有别的方法生育，使男人得以摆脱女人的祸害。爱非斯诗人希波纳克斯在一首诗里刻毒地写道：女人只能带给男人两天快活，“第一天是娶她时，第二天是葬她时”。

倘若希腊男人不是对女人充满了欲望，并且惊恐于这欲望，女人如何成为灾祸呢？

不过，希腊男人能为女人拿起武器，也能为女人放下武器。在阿里斯托芬的一个剧本中，雅典女人讨厌丈夫们与斯巴达人战火不断，一致拒绝同房，并且说服斯巴达女人照办，结果奇迹般地平息了战争。

我们的老祖宗也把女人说成是祸水，区别在于，女人使希腊人亢奋，大动干戈，却使我们的殷纣王、唐明皇们萎靡，国破家亡。其中的缘由，想必不该是女人素质不同吧。

3

孔子说：“唯女子与小人为难养也，近之则不孙，远之则怨。”

这话对女人不公平。“近之则不孙”几乎是人际关系的一个规律，太近了，没有距离，谁都会被惯成或逼成小人，彼此不逊起来，不独女人如此。所以，两性交往，不论是恋爱、结婚还是某种亲密的友谊，都以保持适当距离为好。

君子远小人是容易的，要怨就让他去怨。男人远女人就难了，孔子心里明白：“吾未见好德如好色者也。”既不能近之，又不能远之，男人的处境何其尴尬。那么，孔子的话是否反映了男人的尴尬，却归罪于女人？

“为什么女人和小人难对付？女人受感情支配，小人受利益支配，都不守游戏规则。”一个肯反省的女人对我如是说。大度之言，不可埋没，录此备考。

4

女性蔑视者只把女人当作欲望的对象。他们或者如叔本华，终身不恋爱不结婚，但光顾妓院，或者如拜伦、莫泊桑，一生中风流韵事不断，但决不真正堕入情网。

叔本华说："女性的美只存在于男人的性欲冲动之中。"他要男人不被性欲蒙蔽，能禁欲就更好。

拜伦简直是一副帝王派头："我喜欢土耳其对女人的做法：拍一下手，'把她们带进来！'又拍一下手，'把她们带出去！'"女人只为供他泄欲而存在。

女人好像不在乎男人蔑视她，否则拜伦、莫泊桑身边就不会美女如云了。虚荣心（或曰纯洁的心灵）使她仰慕男人的成功（或曰才华），本能又使她期待男人性欲的旺盛。一个好色的才子使她获得双重的满足，于是对她就有了双重的吸引力。

但好色者未必蔑视女性。有一个意大利登徒子如此说："女人是一本书，她们时常有一张引人的扉页。但是，如果你想享受，必须揭开来仔细读下去。"他对赐他以享受的女人至少怀着欣赏和感激之情。

女性蔑视者往往是悲观主义者，他的肉体和灵魂是分裂的，肉体需要女人，灵魂却已离弃尘世，无家可归。由于他只带着肉体去女人那里，所以在女人那里也只看到肉体。对于他，女人是供他的肉体堕落的地狱。女性崇拜者则是理想主义者，他透过升华的欲望看女人，在女人身上找到了尘世的天国。对于一般男人来说，女人就是尘世和家园。凡不爱女人的男人，必定也不爱人生，只用色情眼光看女人，近于无耻。但身为男人，看女人的眼光就不可能完全不含色情。我想不出在滤尽色情的中性男人眼里，女人该是什么样子。

5

“你去女人那里吗？别忘了你的鞭子！”——《查拉图斯特拉如是说》中的这句恶毒的话，使尼采成了有史以来最臭名昭著的女性蔑视者，世世代代的女人都不能原谅他。

然而，在该书的“老妇与少妇”一节里，这句话并非出自代表尼采的查拉图斯特拉之口，而是出自一个老妇之口，这老妇如此向查氏传授对付少妇的诀窍。

是衰老者嫉妒青春，还是过来人的经验之谈？

这句话的含义是清楚的：女人贱。在同一节里，尼采确实又说：“男人骨子里坏，女人骨子里贱。”但所谓坏，是想要女人，所谓贱，是想被男人要，似也符合事实。

尼采自己到女人那里去时，带的不是鞭子，而是“致命的羞怯”，乃至于谈不成恋爱，只好独身。

代表尼采的查拉图斯特拉是如何谈女人的呢？

“当女人爱时，男人当知畏惧：因为这时她牺牲一切，别的一切她都认为毫无价值。”

尼采知道女人爱得热烈和认真。

“女人心中的一切都是一个谜，谜底叫作怀孕。男人对于女人是一种手段，目的总在孩子。”

尼采知道母性是女人最深的天性。

他还说：真正的男人是战士和孩子，作为战士，他渴求冒险；作为孩子，他渴求游戏。因此他喜欢女人，犹如喜欢一种“最危险的玩物”。

把女人当作玩物，不是十足的蔑视吗？可是，尼采显然不是只指肉欲，更多是指与女人恋爱的精神乐趣，男人从中获得了冒险欲和游戏欲的双重满足。

人们常把叔本华和尼采并列为蔑视女人的典型。其实，和叔本华相比，尼采是更懂得女人的。如果说他也蔑视女人，他在蔑视中仍带着爱慕和向往。叔本华根本不可能恋爱，尼采能，可惜的是运气不好。

6

有一回，几个朋友在一起谈女人，托尔斯泰静听良久，突然说：“等我一只脚踏进坟墓时，再说出关于女人的真话。”说完立即跳到棺材里，砰一声把盖碰上，“来捉我吧！”据在场的高尔基说，当时他的眼光又调皮，又可怕，使大家沉默了好一会儿。

还有一回，有个德国人编一本名家谈婚姻的书，向萧伯纳约稿，萧回信说："凡人在其太太未死时，没有能老实说出他对婚姻的意见的。"这是俏皮话，但俏皮中有真实，包括萧伯纳本人的真实。

一个要自己临终前说，一个要太太去世后说，可见说出的绝不是什么好话了。

不过，其间又有区别。自己临终前说，说出的多半是得罪一切女性的冒天下大不韪之言。太太去世后说，说出的必定是不利于太太的非礼的话了。有趣的是，托尔斯泰年轻时极放荡，一个放荡男人不能让天下女子知道他对女人的真实想法；萧伯纳一生恪守规矩，一个规矩丈夫不能让太太知道他对婚姻的老实意见。那么，一个男人要对女性保有美好的感想，他的生活是否应该在放荡与规矩之间，不能太放荡，也不该太规矩呢？

7

亚里士多德把女性定义为残缺不全的性别，这个谬见流传甚久，但在生理学发展的近代，是愈来愈不能成立了。近代的女性蔑视者便转而断言女人在精神上发育不全，只停留在感性阶段，未上升到理性阶段，所以显得幼稚、浅薄、愚蠢。叔本华不必提了，连济慈这位英年早逝的诗人也不屑地说："我觉得女人都像小孩，我宁愿给她们每人一颗糖果，也不愿把时间花在她们身上。"然而，正是同样的特质，却被另一些男人视为珍宝。如席勒所说，女人最大的魅力就在于天性纯正。一个女人愈是赋有活泼的直觉，未受污染的感性，就愈具女性智慧的魅力。

理性绝非衡量智慧的唯一尺度，依我看也不是最高尺度。叔本华引沙弗茨伯利的话说：“女人仅为男性的弱点和愚蠢而存在，却和男人的理性毫无关系。”照他们的意思，莫非要女人也具备发达的逻辑思维，可以来和男人讨论复杂的哲学问题，才算得上聪明？我可没有这么蠢！真遇见这样热衷于抽象推理的女人，我是要躲开的。我同意瓦莱里定的标准：“聪明女子是这样一种女性，和她在一起时，你想要多蠢就可以多蠢。”我去女人那里，是为了让自己的理性休息，可以随心所欲地蠢一下，放心从她的感性获得享受和启发。一个不能使男人感到轻松的女人，即使她是聪明的，至少她做得很蠢。

女人比男人更属于大地。一个男人若终身未受女人熏陶，他的灵魂便是一个飘荡天外的孤魂。惠特曼很懂得这个道理，所以他对女人说：“你们是肉体的大门，你们也是灵魂的大门。”当然，这大门是通向人间而不是通向虚无缥缈的天国的。

8

男人常常责备女人虚荣。女人的确虚荣，她爱打扮，讲排场，喜欢当沙龙女主人。叔本华为此瞧不起女人。他承认男人也有男人的虚荣，不过，在他看来，女人是低级虚荣，只注重美貌、虚饰、浮华等物质方面，男人是高级虚荣，倾心于知识、才华、勇气等精神方面。反正是男优女劣。

同一个现象，到了英国作家托马斯·萨斯笔下，却是替女人叫屈了："男人们多么讨厌妻子购买衣服和零星饰物时的长久等待；而女人们又多么讨厌丈夫购买名声和荣誉时的无尽等待——这种等待往往耗费了她们大半生的光阴！"

男人和女人，各有各的虚荣。世上也有一心想出名的女人，许多男人也很关心自己的外表。不过，一般而论，男人更渴望名声，炫耀权力，女人更追求美貌，炫耀服饰，似乎正应了叔本华的话，其间有精神和物质的高下之分。但是，换个角度看，这岂不恰好表明女人的虚荣仅是表面的，男人的虚荣却是实质性的？女人的虚荣不过是一条裙子、一个发型、一场舞会，她对待整个人生并不虚荣，在家庭、儿女、婚丧等大事上抱着相当实际的态度。男人虚荣起来可不得了，他要征服世界，扬名四海，流芳百世，为此不惜牺牲掉一生的好光阴。

当然，男人和女人的虚荣又不是彼此孤立的，他们实际上在互相鼓励。男人以娶美女为荣，女人以嫁名流为荣，各自的虚荣助长了对方的虚荣。如果没有异性的目光注视着，女人们就不会这么醉心于时装，男人们追求名声的劲头也要大减了。

虚荣难免，有一点无妨，还可以给人生增添色彩，但要适可而止。

为了让一个心爱的女人高兴，我将努力去争取成功。然而，假如我失败了，或者我看穿了名声的虚妄而自甘淡泊，她仍然理解我，她在我眼中就更加可敬了。男人和女人之间，毕竟有比名声或美貌更本质更长久的东西存在着。

9

莎士比亚借哈姆雷特之口叹道："软弱，你的名字是女人！"他是指女人经不住诱惑。女人误解了这话，每每顾影自怜起来，越发觉得自己弱不禁风、不堪一击。可是，我们看到女人在多数场合比男人更能适应环境，更经得住灾难的打击。与其说女人比男人刚强，毋宁说，女人柔弱，但柔者有韧性，男人刚强，但刚者易摧折。大自然是公正的，不叫某一性别占尽风流，它又是巧妙的，处处让男女两性互补。

在男人眼里，女人的一点儿软弱时常显得楚楚动人。有人说俏皮话："当女人的美眸被泪水蒙住时，看不清楚的是男人。"一个女人向伏尔泰透露同性的秘密："女人在用软弱武装自己时最强大。"但是，不能说女人的软弱都是装出来的，她不过是巧妙地利用了自己固有的软弱罢了。女人的软弱，说到底，就是渴望有人爱她，她比男人更不能忍受孤独。对于这一点儿软弱，男人倒是乐意成全。但是，超乎此，软弱到不肯自立的地步，多数男人是要逃跑的。

如果说男人喜欢女人弱中有强，那么，女人则喜欢男人强中有弱。女人本能地受强有力的男子吸引，但她并不希望这男子在她面前永远强有力。一个窝囊废的软弱是可厌的，一个男子汉的软弱却是可爱的。正像罗曼·罗兰所说：“在女人眼里，男人的力遭摧折是特别令人感动的。”她最骄傲的事情是亲手包扎她所崇拜的英雄的伤口，亲自抚慰她所爱的强者的弱点。这时候，不但她的虚荣和软弱，而且她的优点——她的母性本能，也得到了满足。母性是女人天性中最坚忍的力量，这种力量一旦被唤醒，世上就没有她承受不了的苦难。

一个人的爱情经历并不限于与某一个或某几个特定异性之间的恩恩怨怨，也包括对整个异性世界的总体感受。

爱情是一条流动的河

“一个人只要领略过爱情的纯真喜悦，不论他在精神和智力生活中得到过多么巨大的乐趣，恐怕他都会将自己的爱情经历看作一生旅程中最为璀璨耀眼的一个点。”这段话不是出自某个诗人之手，而是引自马尔萨斯的经济学名著《人口论》。一位经济学家在自己的主要著作中竟为爱情唱起了赞歌，这使我倍觉有趣。

可是，我仍然要提出一个异议：爱情经历仅是一个人一生旅程中的一个点吗？它真的那么确定，那么短促？

这个问题换一种表达便是：当我们回顾自己的爱情经历时，我们有什么理由断定哪一次或哪一段是真正的爱情，从而把其余的排除在外？

毫无疑问，热恋的经历是令人格外难忘的。然而，热恋往往难于持久，其结局或者是猝然中止，两人含怨分手，或者是逐渐降温，转变为婚姻中的亲情或婚姻外的友情。在现实生活中，这种情况造成了许多困惑。一些人因为热恋关系的破裂而怀疑曾经有的热恋是真正的爱情，贬之为一场误会，就像一首元曲中形容的那样彼此翻脸，讨回情书“都扯作纸条儿”。另一些人则因为浪漫激情的消失而否认爱情在婚姻中继续存在的可能性，其极端者如法国作家杜拉斯所断言，夫妻之间最真实的东西只能是背叛。

究竟什么是真正的爱情？如果它是指既不会破裂也不会降温——永久的热恋，那么，世上究竟有没有真正的爱情？如果没有，那么，我们是否应该重新来给它定义？正是这一系列疑问促使我越来越坚定地主张：在给爱情划界时要宽容一些，以便为人生中种种美好的遭遇保留怀念的权利。

在最宽泛的意义上，爱情就是两性之间的相悦，是在与异性的交往中感受到的身心的愉快，是因为异性世界的存在而感觉世界之美好的心情。一个人的爱情经历并不限于与某一个或某几个特定异性之间的恩恩怨怨，也包括对整个异性世界的总体感受。热恋是爱情。婚姻的和谐是爱情。一切与异性之间的美好交往，包括短暂的邂逅，持久而默契的友谊，乃至毫无结果的单相思，留在记忆中的深情一瞥，在这最宽泛的意义上都可以包容到一个人的爱情经历之中。

爱情不是人生中一个凝固的点，而是一条流动的河。这条河中也许有壮观的激流，但也必然会有平缓流程，也许有明显的主航道，但也可能会有支流和暗流。除此之外，天上的云彩和两岸的景物也会在河面上映出倒影，晚来的风雨会在河面上吹起涟漪，打起浪花。但我们承认，所有这一切都是这条河的组成部分，共同造就了我们生命中的美丽和爱情风景。

婚姻中没有天堂

好的婚姻是人间，坏的婚姻是地狱，别想到婚姻中寻找天堂。

人终究是要生活在人间的，而人间也自有人间的乐趣，为天堂所不具有。

恋爱时闭着的眼睛，结婚使它睁开了。恋爱时披着的服饰，结婚把它脱掉了。她和他惊讶了："原来你是这样的？"接着气愤了："原来你是这样的！"而事实上的他和她，诚然比从前想象的差些，却要比现在发现的好些。

结婚是一个信号，表明两个人如胶似漆仿佛融成了一体的热恋有它的极限，然后就要降温，适当拉开距离，重新成为两个独立的人，携起手来走人生的路。然而，人们往往误解了这个信号，反而以为结了婚更是一体了，结果纠纷不断。

人真是什么都能习惯，甚至能习惯和一个与自己完全不同的人生活一辈子。

习惯真是有一种不可思议的力量，甚至能使夫妇两人的面容也渐渐变得相似。

正像恋爱能激发灵感一样，婚姻会磨损才智。家庭幸福是一种动物式的满足状态。要求两个人天天生活在一起，既融洽相处，又保持独特，未免太苛求了。

在婚姻这部人间乐曲中，小争吵乃是必有的音符，倘若没有，我们就要赞叹它是天上的仙曲了，或者就要怀疑它是否已经临近曲终人散了。

在多数情况下，婚姻生活是恩爱和争吵的交替，因比例不同而分为幸福与不幸。恩爱将孤独催眠，争吵又将孤独击昏，两者之间的间歇何其短暂，孤独来不及苏醒。

婚姻的后果之一是失去孤独的心境。至于是幸还是不幸，全看你内心是否有孤独的需要。

婚姻有一个最大的弊病，就是对独处造成威胁。对于一个珍爱心灵生活的人来说，独处无疑是一种神圣的需要。不过，如果双方都能够领会此种需要，并且做出适当的安排，我相信是可以把婚姻对独处的威胁降低到最小限度的。

婚姻中的一个原则：不要企图改变对方。

两口子争吵，多半是因为性格的差异，比如你性子急，我性子慢，你细心，我粗心，诸如此类。吵多了，便会有怨恨，责备对方总也改不了。可是，人的性格是难变的，只能互相适应，民间的智慧称作磨合。仔细分析，比起性格差异来，要对方改变的企图是争吵的更重要原因。如果承认差异，在此基础上各方调整自己的态度，许多争吵都可以平息。

在夫妻吵架中没有胜利者，结局不是握手言和，就是两败俱伤。

把自己当作人质，通过折磨自己使对方屈服，是夫妇之间争吵经常使用的喜剧性手段。一旦这手段失灵，悲剧就要拉开帷幕了。

“看来，要使丈夫品行端正，必须家有悍妻才行。”

“那只会使丈夫在别的坏品行之外，再加上一个坏品行：撒谎。”

“我们两人都变傻了。”

“这是我们婚姻美满的可靠标志。”

婚姻如何能长久

忽然想到，朋友中或熟人中一些当初堪称模范的婚姻，现在几乎硕果无存了。我不由得为之唏嘘，恍然觉得普天下的婚姻都处在风雨飘摇之中。婚姻如何能长久，实在是令现代人大伤脑筋的难题。当然，长久也不是什么了不起的成就。可是，长久终究是婚姻的题中应有之义。如果只是浪漫一场，不想长久，就完全没有必要结婚。结婚意味着两人不但相爱，而且决心天长地久地相爱下去，永不分离。在这意义上，婚姻就不只是一纸法律证书，更是一个神圣的誓约。

可惜的是，多么神圣的誓约也仅是愿望的表达，却并不具有保证愿望实现的力量。据我观察，越是因热烈相爱而结婚的伴侣，就越容易轻信誓约，而这就隐藏着危险。一些质量较高的婚姻之所以终于破裂，原因是多方面的，其中之一恰恰是双方对于彼此感情的牢不可破过于自信。在性情不同的人身上，这种过于自信有不同的表现方式。

有一种夫妇，他们相信他们相爱到了这种程度，以至于在全部异性世界里,对方眼中都只有自己,不可能对任何别的异性发生好感。在这一信念支配下，各人都自觉或不自觉地克制自己对别的异性的兴趣,并且不允许对方表现出这种兴趣,争相互示忠诚并且引以自豪。这种太封闭的结构至少会造成两个恶果。一是由于缺少新鲜的刺激和活泼的交流，使得他们的感情生活趋于僵化和枯竭；二是丧失了对于诱惑的免疫力和对于事件的承受力，外来的轻轻一击就会使绷紧的弦断裂。

还有一种夫妇，同样非常自信，但思路恰好相反。他们相信他们的爱情坚固到了这般地步，以至于无论各人与别的异性发生怎样的交往，包括有限度的婚外恋，包括上床，都不会使他们的爱情发生实质性的动摇。他们在观念上和行为上都是富有现代性的人，愿意试验一种开放的婚姻形式,在婚姻中仍然享有充分的性自由。然而，事实证明，这类试验最后往往都以婚姻的破裂告终。

看来，太封闭和太开放都不利于婚姻的维护。要使婚姻长久，就应该在忠诚与自由、限制与开放之间寻找一种适当的关系。难就难在把握好这个度,我相信它是因人而异的,不存在一个统一的尺度。

总的原则是亲密而有距离，开放而有节制。最好的状态是双方都以信任之心不限制对方的自由，同时又都以珍惜之心不滥用自己的自由。归根结底，婚姻是两个自由个体之间的自愿联盟，唯有在自由的基础上才能达到高质量的稳定和有创造力的长久。

宽容偶然的出轨行为

即使防微杜渐是可能的，我们也没有这个权利。如果为了“杜渐”而“防微”，禁绝一切婚外恋情的苗头，那就只好遵循男女授受不亲的古训了。当然，对“微”宽容而不防，就有开“渐”之危险，但这种危险乃是人类情感生活的题中应有之义，试图杜绝这种危险就意味着窒息情感生活。

有人问：如何能克服一般婚姻带来的审美疲劳？我觉得没有什么好办法。不过，无止境的浪漫会产生另一种审美疲劳，频繁地更换性伴侣也会丧失性经验的新鲜感。也许最好是不变中略有变化，如同有节假日一样，双方都有出去自由一下的时候。但是，这个办法需要双方有很高的承受力和修养，也有很大的风险，所以一般不宜采用。

人们常说，牢固的婚姻以互相信任为前提。这当然不错，但还不够，必须再加上互相宽容。

在两人相爱的情形下，各人仍然可能和别的异性发生瓜葛，这是一个可在理论上证明并在经验中证实的确凿事实。然而，由于不宽容，本来也许还可以延续的爱情和婚姻就毁于一旦了。

所以，我主张：相爱者在最基本的方面互相信任，即信任彼此的爱，同时在比较次要的方面互相宽容，包括宽容对方偶然的出轨行为。唯有如此，才能保证婚姻的稳固，避免不该发生的破裂。

如果你的爱人偶然出轨了，我的建议是，倘若你对于你们的爱情仍怀有基本的信心，就最好本着对人性的理解予以原谅。要知道，那种绝对符合定义的完美的爱情只存在于童话中，现实生活中的爱情不免有这样或那样的遗憾，但这正是活生生的男人和女人之间的活生生的爱情。

当然，万事都有一个限度，如果出轨成为常规，再宽容的人也无法相信爱情的真实存在了，或者有理由怀疑这个风流成性的哥儿姐儿是否具备做伴侣的能力了。

都市生活与爱情

为一个年轻女孩写的都市爱情小说作序，我肯定不是合适的人选。可是，在那间幽雅的小客厅里，当这个安静的女孩那样信任地把她的绘画和散文作品一一拿给我看，并且告诉我，她从上大学开始就喜欢我的文字，那时我已经明白，我不能拒绝她的这个小小的要求。

应该承认，虽然我身居都市，但我对于都市生活是相当陌生的。我尤其不熟悉都市里 70 年代出生的这一代人，不熟悉他们那种嚼口香糖、听流行音乐、打保龄球、泡酒吧的生活方式，而《北京的独身男人》这部小说正是在这样的背景下展开的。不过，小说的内涵是古老而常新的爱情主题，我不能说对此毫不了解。读完整部小说，我的印象是，陈薇通过这部小说在探索一个她认为非常重要并且多少有些令她苦恼的问题，即在现代都市生活条件下真正的爱情是否可能。我也认为这个问题非常重要，正是这一思想内涵使得这部作品不同于通常的纯情小说。

故事的主人公可以说是一个纯情女孩，作者在她身上寄托了自己的爱情理想，即要寻找那样一个唯一的爱人，他在所有的轮回转世中都将与自己相伴。但是，与此同时，作者又清醒地看到，都市生活对于这一爱情理想构成了严重的威胁。一方面，在普遍的金钱和物欲躁动中，一个年轻女性不可能完全不受诱惑。“她总是被两种力量控制着：一边是绵绵无尽的爱，另一边是滚滚而来的都市生活。”另一方面，喧嚣的商业化浪潮使得一切古老的价值包括爱情价值分崩离析，“看看周围的人吧，谁还会在乎什么”。在两性关系中，人们抱着谁也别认真的态度，成熟的男女直奔主题，婚外恋和家庭两不误的“后现代”模式盛行，到处都在上演没有爱情的爱情故事，“有迪厅有鲜花有微笑，却唯独没有真爱”。如果说，在过去的专制时代，我们曾经被爱情遗忘，那么，在现在的商业社会，则是我们遗忘了爱情。

可以想见，在这样一种环境中，寻求真爱的道路该是怎样地曲折了。因此，作品中女主人公的爱情故事终于没有任何实际结果，另两位年轻女性的寻爱经历也均告失败，应该说不是偶然的，这样的安排反映了作者本人的困惑。我相信，这同时也是许多年轻的都市女性的困惑。但是，作者的价值立场仍是坚定的。愈是在普遍的浮躁和冷漠中，真爱就愈见其可贵，唯有真爱才能给人以踏实的生命之感。作品中一位女性曾有同性恋的经历，女主人公对此的态度由反感而变为理解，作者借此揭示了一个朴实而伟大的真理：“任何人任何事，只要真爱都令人感动。”

当然，问题仍然存在，真爱的可贵并不能消除这样一个事实：面对无情的世俗，真爱往往得不到回报，反给自己造成痛苦。在现实生活中，这个问题非常严峻地摆在每一个崇尚真爱的人面前。真爱不求回报，甘愿自食苦果，甚至甘冒受骗的危险，这是一种可供选择的态度。作品中的一个人物便是如此，她说得有理：“老是怕受骗，就永远得不到爱。”不过，作者好像并不满意这种解决的方式。她的主人公采取了另一种方式，用作者的话说，就是“以实用主义来确保理想主义”。从主人公的行为看，这大致上是指在追求真爱的同时，不放弃一种比较实际的态度，注意保护自己，给自己留一条退路。据我看，这两种方式都各有其道理，真爱就是不设防，但不设防并不是孤注一掷。我甚至觉得，哪怕有情人终成眷属，那陪伴着轮回转世的爱人也永在互相的寻找之中，在互相的寻找之中方有永恒的爱情。

所以，最后我要再说一遍，陈薇的这部小说不只是一部纯情型小说，更是一部思索型小说，她从一个年轻的都市女性的视角出发探讨了都市生活中的爱情问题，这个问题也在困惑着我们，是值得我们一起来思考的。

爱情本身拥有一种盲目的力量，会使人不顾一切地追求心目中的偶像。

异性之间能有纯粹的友谊吗？

男女之间是否可能有真正的友谊？这是在实际生活中常常遇到、常常引起争论的一个难题。即使在最封闭的社会里，一个人恋爱了，或者结了婚，仍然不免与别的异性接触和可能发生好感。这里不说泛爱者和爱情转移者，一般而论，一种排除情欲的澄明的友谊是否可能呢？

在《人生五大问题》中，莫洛亚对这个问题的讨论是饶有趣味的。他列举了三种异性之间友谊的情形：一方单恋而另一方容忍；一方或双方是过了恋爱年龄的老人；旧日的恋人转变为友人。分析下来，其中每一种都不可能完全排除性吸引的因素。道德家们往往攻击这种“杂有爱的成分的友谊”，莫洛亚的回答是：即使有性的因素起作用，又有什么要紧呢！“既然身为男子与女子，若在生活中忘记了肉体的作用，始终是件疯狂的行为。”

异性之间的友谊即使不能排除性的吸引，它仍然可以是一种真正的友谊。蒙田曾经设想，男女之间最美满的结合方式不是婚姻，而是一种肉体得以分享的精神友谊。拜伦在谈到异性友谊时也赞美说：“毫无疑义，性的神秘力量在其中也如同在血缘关系中占据着一种天真无邪的优越地位，把这谐音调弄到一种更微妙的境界。如果能摆脱一切友谊所防止的那种热情，又充分明白自己的真实情感，世间就没有什么能比得上做女人的朋友了，如果你过去不曾做过情人，将来也不愿做了。”在天才的生涯中起重要作用的女性未必是妻子或情人，有不少倒是天才的精神挚友，只要想一想贝蒂娜与歌德、贝多芬，梅森葆夫人与瓦格纳、尼采、赫尔岑、罗曼·罗兰，莎乐美与尼采、里尔克、弗洛伊德，梅克夫人与柴可夫斯基，就足够了。当然，性的神秘力量在其中起着的作用也是不言而喻的。区别只在于，这种力量因客观情境或主观努力而被限制在一个有益无害的地位，既可为异性友谊罩上一种为同性友谊所未有的温馨情趣，又不致像爱情那样激起一种疯狂的占有欲。

在男女之间，凡亲密的友谊都难免包含性吸引的因素，但未必是性关系，更多是一种内心感受。交异性朋友与交同性朋友，倘若两者的内心感受是一样的，这个人一定出了毛病。

作为一个通晓人性的智者，蒙田曾经设想，男女之间最美满的结合方式不是婚姻，而是一种肉体得以分享的精神友谊。倘若有人问：这种肉体得以分享的精神友谊究竟是什么东西——是爱情，准爱情，抑或仍是友谊？我来替蒙田回答吧：智者不在乎定义。

两性之间的情感或超过友谊，或低于友谊，所以异性友谊是困难的。在这里正好用得上“过犹不及”这句成语——“过”是自然倾向，“不及”是必然结果。

爱还是被爱？

桌上放着一封某杂志社转来的读者来信，信中提出了一个难题：在做婚姻的抉择时，究竟应该选择自己所爱的人，还是爱自己的人？换句话说，为了婚姻的幸福，爱和被爱何者更为重要？

对于这个问题，我可以不假思索地给出一个肯定正确无误的答复：爱和被爱同样重要，两者都是幸福婚姻的必不可少的条件。无论是和自己不爱的人结合，还是和不爱自己的人结合，都不可能真正感到幸福。

然而，这个正确的答复过于抽象，并不能切中具体的生活情境。事实上，一个人如果遇到了自己深爱同时也深爱自己的人，就不存在所谓抉择的问题了。难题的提出恰恰是因为没有遇到这样的理想对象，于是不得已退而求其次，只好在不甚理想的对象中间进行选择。鉴于现实中理想爱情的稀少，面临类似选择的情境差不多是生活的常态，所以这个问题有权得到认真的对待。

可是，当我试图认真思考这个问题时，我发现我完全没有能力给出一个答案。男女之间的情感纠缠，波诡云谲，气象万千，当局者固然迷，旁观者又何尝清？我至多只能说，如果你不得已退而求其次，你的退步也要适可而止。设有某君，你极爱他，但他完全不爱你，此君可以免谈。或者相反，他极爱你，但你完全不爱他，此君也可免谈。总之，如果一方完全无意，就决不可勉强，因为即使勉强成事，结果可以预料是很悲惨的。不过，如果一方真的完全无意，其实也就不存在选择的问题了。纠缠的发生，选择的必要，往往是因为一方相当有意，另一方却在有意无意之间。也就是说，一方很爱另一方，而另一方则仅仅是比较喜欢这一方，所以仍能维持着一种纠缠的格局（别有所图者不在此论）。让我尝试着分析一下这种情况。

爱情受理想原则支配，婚姻受现实原则支配。爱情本身拥有一种盲目的力量，会使人不顾一切地追求心目中的偶像。所以，当一个人考虑是否要与不太爱自己的或自己不太爱的人结婚时，她（他）已经在受现实原则支配了。理想原则追求的是幸福（事实上未必能追求到），现实原则要求避免可预见的不幸（结果往往也就不会太不幸）。可以用两个标准来衡量婚姻的质量，一是它的爱情基础，二是它的稳固程度。这两个因素之间未必有因果关系，所谓“痴偶难久”，热烈的爱情自有其脆弱的方面，而婚姻的稳固往往更多地取决于一些实际因素。两者俱佳，当然是美满姻缘。然而，如果其中之一甚强而另一稍弱，也就算得上是成功的婚姻了。以此而论，双方中只有一方深爱而另一方仅是喜欢，但在婚姻的稳固性方面条件有利，例如双方性格能够协调或互补，则此种结合仍可能有良好前景，而在长久婚姻生活中生长起来的亲情也将弥补爱情上的先天不足。当然，双方爱情的不平衡本身是一个不利于稳固性的因素，而其不利的程度取决于不平衡的程度和当事人的禀性。感情差距悬殊，当然不宜结合。在差距并不悬殊的情况下，如果爱得热烈的那一方嫉妒心强，非常在乎被爱，或者不太投入的那一方生性浪漫，渴望轰轰烈烈爱一场，则也都不宜结合，因为明摆着迟早会发生不可调和的冲突。所以，在选择一个你很爱但不太爱你的人时，你当自问，你是否足够大度，或对方是否足够安分。在选择一个很爱你但你不太爱的人时，你当自问，你是否足够安分，或对方是否足够大度。如果答案是否定的，你当慎行。如果答案是肯定的，你就不妨一试。你这样做仍然是冒着风险的，可是，在任何情况下，包括在彼此因热烈相爱而结合的情况下，婚姻都不可能除去它所固有的冒险的成分。明白了这个道理，你就不会太苛求婚姻，那样反而更有希望使它获得成功了。

爱和被爱同是人的情感需要，悲剧在于两者常常发生错位，爱上了不爱己者，爱己者又非己所爱。人在爱时都太容易在乎被爱，视为权利，在被爱时又都太容易看轻被爱，受之当然。如果反过来，有爱心而不求回报，对被爱知珍惜却不计较，人就爱得有尊严、活得有气度了。说到底，人生在世，真正重要的事情是如何做人，与之相比，与谁一起过日子倒属于比较次要的事情。不过，这已经是题外话了。

爱的反义词

爱的反义词不是孤独。在我们的心灵深处，爱和孤独其实是同一种情感，它们如影随形，不可分离。愈是在我们感觉孤独之时，我们便愈是怀有强烈的爱之渴望。也许可以说，一个人对孤独的体验与他对爱的体验是成正比的，他的孤独的深度大致决定了他的爱的容量。反过来说也一样，人类思想史和艺术史上的那些伟大的灵魂，其深不可测的孤独岂不正是源自那博大无际的爱，这爱不是有限的人世事物所能满足的？孤独和爱是互为根源的，孤独无非是爱寻求接受而不可得，而爱也无非是对他人之孤独的发现和抚慰。在爱与孤独之间并不存在此长彼消的关系，现实的人间之爱不可能根除心灵对于孤独的体验，而且在我看来，我们也不应该对爱提出这样的要求，因为一旦没有了对孤独的体验，爱便失去了品格和动力。在两个不懂得品味孤独之美的人之间，爱必流于琐屑和平庸。

爱的反义词也不是恨。一个心中没有爱的人，他对什么都不在乎，也就不会恨什么。之所以爱憎分明，是因为有执着的爱，有鲜明的价值取向。在现实生活中，爱转化为恨的事例更是司空见惯，而这种转化之所以可能，就是因为两者原是同一种激情的不同形态。爱是关切，关切就会在乎，在乎就难免挑剔，于是生出了无穷的恩恩怨怨。当然，一般而言，那种容易陷入恩怨是非的爱的气象未免渺小，其中还混杂了太多的得失计较。大爱不求回报，了断浮世恩怨。然而，当大爱者的救世抱负受挫之时，大爱也会表现为像鲁迅那样“哀其不幸，怒其不争”的大恨。总之，一切人世的爱，都是不能割断与恨的联系的。

那么，爱的反义词是什么呢？哪一种情感状态与爱截然相反，是爱的毋庸置疑的对立面呢？回答只能是：冷漠。孤独者和恨者都是会爱的，冷漠者却与爱完全无缘。如果说孤独是爱心的没有着落，恨是爱心的受挫，那么，冷漠就是爱心的死灭。一个冷漠的人，他不但没有爱心，我们甚至可以说他没有心，没有灵魂。因为爱心原是灵魂的核心，灵魂借爱而活着、感受着、生长着，无爱的灵魂中没有了一切积极的情感，这样的灵魂已经名存实亡。无论对于个人来说，还是对于社会来说，真正可怕的是冷漠，它使个人失去生活的意义，使社会发生道德的危机。在我看来，当今社会最触目惊心的现象之一便是人心的冷漠。最近屡屡读到汽车司机肇事后把受害者处死然后逃逸的报道，处死的方式包括回车碾轧伤者、把伤者扔进污水沟、带着被卷入车下的伤者继续驰行，等等，无不令人发指。毫无疑问，这些罪犯对于受害者无仇无恨，他们仅仅是为了逃避对己的惩罚而不惜虐杀他人的生命，而这种惩罚本来只不过是使他们受短暂的牢狱之灾或一些财产损失而已，与一条生命的价值不可同日而语。这当然是冷漠的极端例子，然而，这类恶性事件的增多是有社会的基础的，暴露了社会上相当普遍的重利轻情、见利忘义的倾向。在一个太重功利的社会里，冷漠会像病毒一样传播，从而使有爱心的人更感到孤独，甚至感到愤恨。不过，让我们记住，我们不要由孤独和愤恨而堕入冷漠，保护爱心、拒绝冷漠乃是我们对于自己的灵魂的一份责任，也是我们对于社会的一份责任。

珍 惜 和 放 下

1. 珍惜和放下

人在世间的一切遭遇都是因缘。因缘，就是若干偶然的因素凑到了一起，使你遇上了这个人、这件事。你遇上了某个异性，结亲成家，生儿育女，这也是因缘。倘若琴瑟和谐，儿女姣好，那就是好因缘。好因缘不易得，你当珍惜。但是，是因缘就有变数，你心里同时要能够放下。对一切好因缘都应如此，遇上了，第一要珍惜，第二要能够放下，珍惜是因为它好，放下是因为它只是因缘。

2. 析缘

佛教讲缘，缘是一个微妙的概念。从哲学上分析，缘是偶然性与因果性的统一。它是偶然性，一切相遇，包括亲密的相遇，比如友谊、爱情、婚姻，乃至这一个新生命投胎到了你的家里，都是许多偶然因素的凑合。它又受因果性支配，冥冥之中，每个相遇都有着我们无法探知其究竟的前因后果。因果有深浅的不同，因此缘也有深浅的不同。这就可以解释，即使结成了友谊、爱情、婚姻、亲子的亲密关系，心灵契合的程度何以仍会有巨大的差异。我倾向于相信，人与人之间灵魂亲缘关系的有无和深浅也许是前定的。

3. 你的缘不在这里

苦苦的、无望的单恋，伤心的、绝望的失恋，诸如此类，你坚守在这里，如同一个牺牲坚守在祭台上。不，我要告诉你，你的缘不在这里，不要死心眼，天地广阔，你去别处寻找你的缘吧。

4. 多情和无情

我是多情的，入世很深，顾家，爱妻子和孩子，珍惜友情，渴望自己也被爱，有时陶醉，有时委屈，心在情中颠簸。我也是无情的，随时有出世的心情，和眼前的一切拉开距离，把人间情感视为身外之物，知道自己是虚无中的一个孤独的存在。

我的多情和无情并不打架。因为多情，我的无情包含了忧伤；因为无情，我的多情学会了宽容。

5. 让你的灵魂优秀

无论你的爱情是否美满，你都要记住你是一个独立的灵魂。倘若爱情美满，你的灵魂的优秀会使这美满的爱情具备很高的品质。倘若爱情不美满，你的灵魂的优秀会使你的整体生活仍然具备很高的品质。你无法确保你的爱情遭遇幸运，但你始终可以努力让你的灵魂优秀。

我一直主张，相爱的人要亲密有间，不要亲密无间。

亲密有间

我一直主张，相爱的人要亲密有间，不要亲密无间。即使结了婚，两个人之间仍应保持一个必要的距离。所谓必要的距离是指，各人仍应是独立的个人，并把对方作为独立的个人予以尊重。

一个简单的道理是，两个人无论多么相爱，仍然是两个不同的个体，不可能变成同一个人。另一个稍微复杂一点的道理是，即使可能，两个人变成一个人也是不可取的。我们常常发现，在比较和谐的结合中，由于长时间的耳鬓厮磨，互相熏陶，夫妻二人的思想方式和行为方式会日益趋同，甚至长相也会变得相像。这当然不一定是坏事，可以视为婚姻稳固的表征。不过，如果你的心灵足够敏感，你就会对这种情形产生一点儿警惕。个人的独特是一切高质量的结合的基础，差异的磨灭也许意味着某些重要价值在不知不觉中被损失掉了。

家庭生活本身具有一种把两个人捆绑在一起的自然趋势，因此，要保持那个必要的距离谈何容易。我能够想出的对策是，套用政治学的术语，在家庭中也划分出一个双方一致同意的私域。也就是说，在必须共同承担的家庭责任之外，各人都拥有一个属于自己的领域，在此领域中享有个人自由，彼此不予干涉。这个私域的范围，不外乎两个方面：一是个人的精神生活，例如独处、写私人日记、发展个人爱好；二是个人的社会交往，例如交共同朋友圈子之外的朋友，包括交异性朋友。当然，个人在私域中必须遵守一般规则，政治学的这个原理在这里也是适用的。所以，诸如养小蜜、包二奶之类的自由是不能允许的，因为它们违背了婚姻的一般规则。

我曾设想，如果条件许可，最好是夫妻二人各有自己的住宅，居住有分有合，在约定的分居时间里互不打扰。这个办法能够有效地保证各人的自由空间。听到我的这一设想，有人表示担忧：它会不会导致家庭关系的松散乃至解体？我当即申明，我的设想有一个前提，就是婚姻的爱情基础良好，并且双方均具备自律的自觉性。然而，尽管如此，我的确不能否认可能出现的危险。问题在于，在任何情形下，都不存在万无一失的办法以确保一个婚姻绝对安全。在一切办法中，捆绑肯定是最糟糕的一种，其结果只有两种可能：

或者是成全了一个缺乏生机的平庸的婚姻，或者是一方或双方不甘平庸而使婚姻终于破裂。

其实，爱侣之间用什么方式来保持必要的距离，分寸如何掌握，都是因人而异的，不存在一个普遍适用的方案。我想强调的仅是，一定要有这个保持距离的觉悟。从根本上说，这也就是互相尊重对方的独立人格的觉悟。唯有亲密有间，家庭才能既成为一个亲密生活的共同体，又成为一个个性自由发展的场所。我相信，这样的家庭是更加生机勃勃、更加令人心情舒畅的，因而在总体上也必然是更加稳固的。

婚姻反思录

1. 开场白

某君倡“宽松的婚姻”之高论，且身体力行之。他深信唯有立足于信任而非猜疑，借宽松而非禁锢，才能保证爱情在婚姻之中仍有自由发展的空间，令婚姻优质而且坚固。此论确乎行之有效，他和他的妻子的美满婚姻一时传为佳话。

忽一日，传来惊人的消息，据说他的婚姻宣告破裂，他和他的妻子已经友好分手。于是群起而攻之、嘲之、诘之，曰：事实胜于雄辩，“宽松”论业已破产矣！

某君答曰：你们拿得出一种必定成功的婚姻理论吗？

然而，长夜灯下独坐，某君仍不免暗自检讨自己的婚爱经历和观念，若有所悟。以下便是他的反思的记录。

2. 神圣的命名

在造出第一个人——亚当——之后，上帝所做的第一件事就是，把各种飞鸟走兽带到亚当面前，让他给它们命名。根据《旧约》的这一记载，命名便是人之为人的第一个行为，是人为自己加冕的神圣仪式，通过给世间万物命名，世界才成为人的世界。

所以，一个男人把一个女人叫作妻子，一个女人把一个男人叫作丈夫，这不仅仅是一个法律行为，而且是一个神圣行为，是在上帝面前的互相确认。唯有通过这个命名，她才成为他的“自己的女人”，他也才成为她的“自己的男人”。无此命名，不论他们如何相爱，终归不互相拥有。同样，他们的屋宇在他们互相命名为妻子和丈夫之前只是一个住处，唯有通过这个命名才成为“自己的家”。

不结婚而同居当然潇洒，但是，无其名必也无其实，至少缺少了那种今生今世共有一份命运的决心和休戚与共之感，那种走遍天涯海角仍然牵肠挂肚的惦念。

当然，有其名未必有其实。多少男女顶着夫妻的名义，却同床异梦，并不觉得找到了今生今世真正属于自己的女人或男人。也有曾经相爱甚笃的夫妻，一方做出了负心的事，使另一方发出痛楚的呼喊："他（她）不是我的自己的男人（女人）了！"

结婚是神圣的命名。是否在教堂里举行婚礼，这并不重要。苍天之下，命名永是神圣的仪式。"妻子"的含义就是"自己的女人"，"丈夫"的含义就是"自己的男人"，对此命名当知敬畏。没有终身相爱的决心，不可妄称夫妻。有此决心，一旦结为夫妻，不可轻易伤害自己的女人和自己的男人，使这神圣的命名蒙羞。

3. 婚姻是难事

性遵循快乐原则，爱情遵循理想原则，婚姻遵循现实原则。这是三个不同的东西，彼此之间常常还发生着冲突。婚姻的困难在于，如何能在自身中把三者统一起来。

婚姻当然包含性，它是社会所公认的性满足的合法形式和主要方式。但是，作为一种纯粹的生理欲望，性欲本身又具有盲目性。不必是配偶，不必是情侣，两个健康男女之间的做爱都能给当事人带来快乐。而且，性的快乐常常取决于双方性的癖好和习性的协调，其协调的程度未必与爱情成正比，更未必与婚姻相一致。由于长年的重复，夫妇之间的性生活还可能因为缺少新奇的刺激而减少其兴味。因此，对于已婚者来说，婚外性关系始终是一种潜在的诱惑，并对婚姻构成潜在的威胁。

好的婚姻是爱情的结果，有情人结为眷属也表明了终身相爱的决心。但是，结婚意味着在一起过日子，而过日子总是很琐碎也很平凡的。把平凡的日子过得始终不乏浪漫的情趣，这并非不可能，但殊为不易。何况结婚不能也不该杜绝新的邂逅，移情别恋的可能是始终存在的。

看看周围，无爱的婚姻，性冷淡的夫妇，事实上都为数不少。许多婚姻之所以能够延续，只是基于现实利益的一种妥协或无奈。那么，婚姻、爱情、性三者的持久完满的统一不可能吗？我相信是可能的。其前提当然是，婚姻在爱和性和谐方面本来就有较好的质量。在此前提下，也许关键在于，如何怀着对这个好婚姻的珍惜之心，来克服一般婚姻都会产生的倦怠，在婚姻之中（而不是到婚姻之外）不断更新爱情的理想和性的快乐。到婚外寻找新的刺激当然简便得多，但是，世上的捷径往往只通向事物的表面，要达于核心就必须做出持久不懈的努力。在两性之间，发生肉体关系是容易的，发生爱情便很难，而最难的便是使一个好婚姻经受住岁月的考验。

4. 珍惜便是缘

人们常把有情人终成眷属说成有缘，一旦反目离异呢，便说是缘分已尽。缘的长短，最难预料。相爱者谁不自许已经从茫茫人海中找到了自己的“另一半”，从此永结百年之好了呢？可是，世事无常，风云变幻，多少终成眷属的有情人未曾料到，有朝一日他们之间会发生感情危机，甚至渡不过难关，只好挥泪诀别。

世上婚配，形形色色，真正基于爱情的结合并不太多，因而弥足珍贵。然而，偏偏愈是基于爱情的结合，比起那些以传统伦理和实际利益为基础的婚姻来，愈有其脆弱之处。所谓佳偶难久，人们眼中的天作之合往往不能白头偕老，这差不多是古老而常新的故事了。究其原因，也许是因为人的内在的感情要比外在的规范和利益更加难以捉摸，更加不易把握，爱情是比世俗的婚姻纽带更易变的东西。以爱情为婚姻的唯一依据，在逻辑上便意味着爱情高于婚姻，因此，一方面，如果既有的爱情出现瑕疵，婚姻便成问题；另一方面，一旦新的爱情产生，婚姻便当让位。事实上，凡是在婚姻中把爱情看得比一切都重要的人，在感情问题上往往比较敏感，既容易互相挑剔，也容易动情别恋。他们爱起来惊天动地，可歌可泣，同时也风起云涌，乍喜乍悲。假如他们足够幸运，又足够成熟，因而能够足够长久地相爱，那么，他们倒也能做到情深意笃、琴瑟和谐，成就一段美满姻缘。然而，千万不要大意，潜在的危险始终存在着，真正以爱情为基础的婚姻永远不会大功告成、一劳永逸，再好的姻缘也不可能获得终身保险。

我的意思是说，我们当然不能也不该对爱情可能发生的变化严加防范，但是也大可不必为它创造条件。红尘中人，诱惑在所难免，而每个当事人对于自己所面临的究竟是不可抵御的更强烈的爱情，还是一般的风流韵事，心里大致是清楚的。我的劝告是，如果是后者，而你又很看重（不看重则另当别论）既有的婚爱，就请你三思而不要行了。这对你也许是一种损失，但你因此避免了更惨重的损失。如果是前者，我就无须说什么了，因为说了也没有用。

爱情是人生的珍宝，当我们用婚姻这只船运载爱情的珍宝时，我们的使命是尽量绕开暗礁，躲开风浪，安全到达目的地。谁若故意迎着风浪上，固然可以获得冒险的乐趣，但也说明了他（她）对船中的珍宝并不爱惜。好姻缘是要靠珍惜之心来保护的，珍惜便是缘，缘在珍惜中，珍惜之心亡则缘尽。

人的心是世上最矛盾的东西，它有时很野，想到处飞，但它最平凡最深邃的需要却是一个憩息地，那就是另一颗心。倘若你终于找到了这另一颗心，当知珍惜，切勿伤害它。历尽人间沧桑，遍阅各色理论，我发现自己到头来信奉的仍是古典的爱情范式：真正的爱情必是忠贞专一的。惦着一个人并且被这个人惦着，心便有了着落，这样活着多么踏实。与这种相依为命的伴侣之情相比，一切风流韵事都显得何其虚飘。

5. 结束语

以上是某君的婚姻反思的记录。读毕这个记录，一位小姐问道：

“先生因一己的遭遇，便由开放一变而为保守，岂不大谬？”

某君答曰：“人皆因受挫而对爱情失望，视婚姻为畏途，我独一如既往热情地为婚爱辩护，何保守之有？”

小姐问道：“难道先生仍想结婚？”

某君答曰：“诚然。婚姻的好坏，不可以成败论之。好婚姻也是可能失败的。我期望得到一个终于成功的好婚姻。”

小姐慨然叹道：“先生真保守矣，老矣！”

某君笑而不答。

第四章 寻求智慧的人生

一个人倘若想明白了人生的道理，做人就一定会做得好，而这也就是幸福。

寻求智慧的人生

在现代哲学家中，罗素是个精神出奇地健全平衡的人。他是逻辑经验主义的开山鼻祖，却不像别的分析哲学家那样偏于学术的一隅，活得枯燥乏味。他喜欢沉思人生问题，却又不像存在哲学家那样陷于绝望的深渊，活得痛苦不堪。他的一生足以令人羡慕，可说应有尽有：一流的学问，卓越的社会活动和声誉，丰富的爱情经历，最后再加上长寿。命运居然选中这位现代逻辑宗师充当西方“性革命”的首席辩护人，让他在大英帝国的保守法庭上经受了一番戏剧性的折磨，也算是一奇。科学理性与情欲冲动在他身上并行不悖，以至我的一位专门研究罗素的朋友揶揄地说：“罗素精彩的哲学思想一定是在他五个情人的怀里孕育的。”

上世纪后半叶以来，西方大哲内心多半充斥着一种紧张的危机感，这原是时代危机的反映。罗素对这类哲人不抱好感，例如，对于尼采、弗洛伊德均有微词。一个哲学家在病态的时代居然能保持心理平衡，我就不免要怀疑他的真诚。不过，罗素也许是个例外。

罗素对于时代的病患并不麻木，他知道现代西方人最大的病痛来自基督教信仰的崩溃，使终有一死的生命失去了根基。在无神的荒原上，现代神学家们凭吊着也呼唤着上帝的亡灵，存在哲学家们诅咒着也讴歌着人生的荒诞。但罗素一面坚定地宣告他不信上帝，一面却并不因此堕入病态的悲观或亢奋。他相信人生一切美好的东西不会因为其短暂性而失去价值。对于死亡，他“以一种坚忍的观点，从容而又冷静地去思考它，并不有意缩小它的重要性，相反地，对于能超越它感到一种骄傲”。罗素极其珍视爱在人生中的价值。他所说的爱，不是柏拉图式的抽象的爱，而是“以动物的活力与本能为基础”的爱，尤其是性爱。不过，他主张爱要受理性调节。他的信念归纳在这句话里：“高尚的生活是受爱激励并由知识导引的生活。”爱与知识，本能与理智，二者不可或缺。有时他说，与所爱者相处靠本能，与所恨者相处靠理智。也许我们可以引申一句：对待欢乐靠本能，对待不幸靠理智。在性爱的问题上，罗素是现代西方最早提倡性自由的思想家之一，不过浅薄者对他的观点颇多误解。他固然主张婚姻、爱情、性三者可以相对分开，但是他对三者的评价是有高低之分的。在他看来，第一，爱情高于单纯的性行为，没有爱的性行为是没有价值的；第二，“经历了多年考验，而且又有许多深切感受的伴侣生活”高于一时的迷恋和钟情，因为它包含着后者所不具有的丰富内容。我们在理论上可以假定每一个正常的异性都是性行为的可能对象，但事实上必有选择。我们在理论上可以假定每一个中意的异性都是爱情的可能对象，但事实上必有舍弃。热烈而持久的情侣之间有无数珍贵的共同记忆，使他们不肯轻易为了新的爱情冒险而将它们损害。

几乎所有现代大哲都是现代文明的批判者，在这一点上罗素倒不是例外。他崇尚科学，但并不迷信科学。爱与科学，爱是第一位的。科学离开爱的目标，便只会使人盲目追求物质财富的增值。罗素说，在现代世界中，爱的最危险的敌人是工作即美德的信念，急于在工作和财产上取得成功的贪欲。这种过分膨胀的“事业心”耗尽了人的活动力量，使现代城市居民的娱乐方式趋于消极的和团体的。像历来一切贤哲一样，他强调闲暇对于人生的重要性，为此他主张“开展一场引导青年无所事事的运动”，鼓励人们欣赏非实用的知识如艺术、历史、英雄传记、哲学等的美味。他相信，从“无用的”知识与无私的爱的结合中便能生出智慧。确实，在匆忙的现代生活的急流冲击下，能够恬然沉思和温柔爱人的心灵愈来愈稀少了。如果说尼采式的敏感哲人曾对此发出振聋发聩的痛苦呼叫，那么，罗素，作为这时代一个心理健康的哲人，我们又从他口中听到了语重心长的明智规劝。但愿这些声音能启发今日性灵犹存的青年去寻求一种智慧的人生。

世上本无家，渴望与渴望相遇，便有了家。

一个不能投入的人是一个落伍者，一个无所坚守的人是一个随波逐流者。

人是要有一点精神的

1

“人是要有一点精神的。”——在一切“最高指示”中，至少这一句的确不会过时。

在那个“突出政治”的年代，我对它有自己的读法，我把它读作：人不该只有政治狂热，把自己的灵魂淹没在红彤彤的标语口号海洋里。

在如今崇拜金钱的氛围中，我又想起了这句话，并且给它加上新的注解：人不该只求物质奢华，把自己的灵魂淹没在花花绿绿的商品海洋里。

世事无常，潮流变迁。相同的是，凡潮流都可能（当然不是必定）会淹没人的那一个脆弱的灵魂。因此，愿我们投入任何潮流时都永远保持这一种清醒："人是要有一点精神的。"

2

现代世界是商品世界，我们不能脱离这个世界求个人的生存和发展，这是一个事实。但是，这不是全部事实。我们同时还生活在历史和宇宙中，生活在自己唯一的一次生命过程中。所以，对于我们的行为，我们不能只用交换价值来衡量，而应有更加开阔久远的参照系。在投入现代潮流的同时，我们要有所坚守，坚守那些永恒的人生价值。一个不能投入的人是一个落伍者，一个无所坚守的人是一个随波逐流者。前者令人同情，后者令人鄙视。也许有人两者兼顾，成为一个高瞻远瞩的弄潮儿，那当然就是令人钦佩的了。

3

天下滔滔，象牙塔一座接一座倾塌了。我平静地望着它们的残骸随波漂走，庆幸许多被囚的普通灵魂获得了解放。

可是，当我发现还有若干象牙塔依然零星地竖立着时，禁不住向它们深深鞠躬了。我心想，坚守在其中的不知是一些怎样奇特的灵魂呢。

4

世纪已临近黄昏，路上的流浪儿多了。我听见他们在焦灼地发问：物质的世纪，何处是精神的家园?

我笑答：既然世上还有如许关注着精神命运的心灵，精神何尝无家可归?

世上本无家，渴望与渴望相遇，便有了家。

5

如今调侃成了新的时髦。调侃者调侃一切信仰，也调侃自己的无信仰，在一片哄笑声中，信仰问题便化作了一个无足轻重的可笑的问题。

我暗暗吃惊：仅仅几年以前，信仰危机还是一个严肃的话题，曾经引起许多痛苦的思索。莫非人们这么快就已经成熟到可以轻松愉快地一笑置之了?

诚然，抱着过时的信仰不放，或者无信仰而装作有信仰，都是可悲复可笑的，不妨调而侃之，哈哈一笑。可是，当我看见有人把无信仰当作一种光荣来炫耀时，我再也笑不出来了。

人生中终究还是有严肃的东西的。信仰是对人生根本目标的确信，其失落的痛苦和寻求的迷惘决非好笑的事情，而对之麻木不仁也实在没有什么可自鸣得意的。

6

休说精神永存，我知道万有皆逝，精神也不能幸免。然而，即使岁月的洪水终将荡尽地球上一切生命的痕迹，罗丹的雕塑仍非徒劳；即使徒劳，罗丹仍要雕塑。那么，一种不怕徒劳仍要闪光的精神岂不超越了时间的判决，因而也超越了死亡？

所以，我仍然要说：万有皆逝，唯有精神永存。

人品与智慧

1

我相信苏格拉底的一句话："美德即智慧。"一个人如果经常想一些世界和人生的大问题，对于俗世的利益就一定会比较超脱，不太可能去做那些伤天害理的事情。说到底，道德败坏是一种蒙昧。当然，这与文化水平不是一回事，有些识字多的人也很蒙昧。

2

假、恶、丑从何而来？人为何会虚伪、凶恶、丑陋？我只找到一个答案：因为贪欲。人为何会有贪欲？佛教对此有一个很正确的解答：因为“无明”。通俗地说，就是没有智慧，对人生缺乏透彻的认识。所以，真正决定道德素养的是人生智慧，而非意识形态。把道德沦丧的原因归结为意识形态的失控，试图通过强化意识形态来整饬世风人心，这种做法至少是肤浅的。

3

在评价人时，才能与人品是最常用的两个标准。两者当然是可以分开的，但是在最深的层次上，它们是否是相通的？譬如说，可不可以说，大才也是德，大德也是才，天才和圣徒是同一种神性的显现？又譬如说，无才之德是否必定伪善，因而亦即无德，无德之才是否必定浅薄，因而亦即非才？当然，这种说法已经蕴含了对才与德的重新解释，我倾向于把两者看作智慧的不同表现形式。

4

人品不但有好坏之别，也有宽窄深浅之别。好坏是质，宽窄深浅未必只是量。古人称卑劣者为“小人”“斗筲之徒”是很有道理的，多少恶行都是出于浅薄的天性和狭小的器量。

5

知识是工具，无所谓善恶。知识可以为善，也可以为恶。美德与知识的关系不大。美德的真正源泉是智慧，即一种开阔的人生觉悟。德行如果不是从智慧流出，而是单凭修养造就，便至少是盲目的，很可能是功利的和伪善的。

6

无论何处，只要有一个完美无缺的正人君子出现，那里的人们就要遭罪了，因为他必定要用他的完美来折磨和审判你了。这班善人，也许你真的说不出他有什么明显的缺点，尽管除了他的道德以外，你也说不出他有什么像样的优点。

相反，一个真实的人，一种独特的个性，必有突出的优点和缺点，袒露在人们面前，并不加道德的伪饰，而这也正是他的道德。

做人和做事

1

人活世上，第一重要的还是做人，懂得自爱自尊，使自己有一个坦荡又充实的灵魂，足以承受得住命运的打击，也配得上命运的赐予。倘能这样，也就算得上做命运的主人了。

2

人生在世最重要的事情不是幸福或不幸，而是不论幸福还是不幸都保持做人的正直和尊严。做人比事业和爱情都更重要，不管你在名利场和情场上多么春风得意，如果做人失败了，你的人生就在总体上失败了。最重要的不是在世人心目中占据什么位置，和谁一起过日子，而是你自己究竟是一个什么样的人。

3

孔子说："三十而立。"我对此话的理解是：一个人在进入中年的时候，应该确立起生活的基本信念了。所谓生活信念，第一是做人的原则，第二是做事的方向。也就是说，应该知道自己在这个世界上要做怎样的人，想做怎样的事了。

当然，"三十"不是一个硬指标。但是，"立"与"不立"是硬道理，无人能够回避。一个人有了"立"，才真正成了自己人生的主人。

4

做人最重要的是诚实地面对自己，在自己良心的法庭上公正地审视自己，既不护己之短，也不疑己之长，从而对自己有一个清楚的认识。这是一种巨大的精神力量，足以使他哪怕在全世界面前坦然承认自己的错误，也淡然面对哪怕来自全世界的误解和不实的责骂。

5

做事即做人。人生在世，无论做什么事，都注重做事的精神意义，通过做事来提升自己的精神世界，始终走在自己的精神旅程上，只要这样，无论做什么事都是有意义的，而所做之事的成败则变得不很重要了。

6

做事有两种境界。一种是功利的境界，事情及相关的利益是唯一的目的，于是做事时必定会充满焦虑和算计；另一种是道德的境界，无论做什么事，都把精神上的收获看得更重要，做事只是灵魂修炼和完善的手段，真正的目的是做人。正因为如此，做事时反而有了一种从容的心态和博大的气象。

从长远看，做事的结果终将随风飘散，做人的收获却能历久弥新。如果有上帝，他看到的只是你如何做人，不会问你做成了什么事，在他眼中，你在人世间做成的任何事都太渺小了。

7

人生在世，既能站得正，又能跳得出，这是一种很高的境界。

在一定意义上，跳得出是站得正的前提，唯有看轻沉浮荣枯，才能不计利害得失，堂堂正正做人。

如果说站得正是做人的道德，那么，跳得出就是人生的智慧。人为什么会堕落？往往是因为陷在尘世一个狭窄的角落里，心不明，眼不亮，不能抵挡近在眼前的诱惑。佛教说“无明”是罪恶的根源，基督教说堕落的人生活在黑暗中，说的都是这个道理。相反，一个人倘若经常跳出来看一看人生的全景，真正看清事物的大小和价值的主次，就不太会被那些渺小的事物和次要的价值绊倒了。

8

有的人一有机会就不失时机地暴露其卑鄙的人格。比如哪怕只是做了一个办事员，手里有了一点小小的权力，他就立刻露出丑恶的嘴脸，即使你去办一个正常的手续，他也会百般刁难，以显示他的重要。

权力是人品的试金石，权力的使用最能检验出掌权者的人品。恶人几乎本能地运用权力折磨和伤害弱者，善人几乎本能地运用权力造福和帮助弱者，他们都从中获得了快乐，但这是多么不同的快乐，体现了多么不同的人品啊。

一切世俗的价值，包括权力、财富、名声等，都具有这样的效应，彰显了乃至仿佛放大了其拥有者的善和恶。

9

天赋，才能，眼光，魄力，这一切都还不是伟大，必须加上真实，才成其伟大。真实是一切伟人的共同特征，它源自对人性的真切了解，并由此产生一种面对自己、面对他人的诚实和坦然。

精神上的伟人必定是坦诚的，他们足够富有，无须隐瞒自己的欠缺，也足够自尊，不屑于用作秀、演戏、不懂装懂来贬低自己。

人生在世，既能站得正，又能跳得出，这是一种很高的境界。

成为你自己

童年和少年是充满美好理想的时期。如果我问你们，你们将来想成为怎样的人，你们一定会给我许多漂亮的回答。譬如说，想成为拿破仑那样的伟人，爱因斯坦那样的大科学家，曹雪芹那样的文豪，等等。这些回答都不坏，不过，我认为比这一切都更重要的是：首先应该成为你自己。

姑且假定你特别崇拜拿破仑，成为像他那样的盖世英雄是你最大的愿望。好吧，我问你：就让你完完全全成为拿破仑，生活在他那个时代，有他那些经历，你愿意吗？你很可能会激动得喊起来：太愿意啦！我再问你：让你从身体到灵魂整个儿都变成他，你也愿意吗？这下你或许有些犹豫了，会这么想：整个儿变成了他，不就是没有我自己了吗？对了，我的朋友，正是这样。那么，你不愿意了？当然喽，因为这意味着世界上曾经有过拿破仑，这个事实没有改变，唯一的变化是你压根儿不存在了。

由此可见，对于每一个人来说，最宝贵的还是他自己。无论他多么羡慕别的什么人，如果让他彻头彻尾成为这个别人而不再是自己，谁都不肯了。

也许你会反驳我说："你说的真是废话，每个人都已经是他自己了，怎么会彻头彻尾成为别人呢？"不错，我只是在假设一种情形，这种情形不可能完全按照我所说的方式发生。不过，在实际生活中，类似情形却常常在以稍微不同的方式发生着。真正成为自己可不是一件容易的事。世上有许多人，你可以说他是随便什么东西，例如是一种职业，一种身份，一个角色，唯独不是他自己。如果一个人总是按照别人的意见生活，没有自己的独立思考，总是为外在的事务忙碌，没有自己的内心生活，那么，说他不是他自己就一点儿也没有冤枉他。因为确确实实，从他的头脑到他的心灵，你已经找不到丝毫真正属于他自己的东西了，他只是别人的一个影子和事务的一架机器罢了。

那么，怎样才能成为自己呢？这是真正的难题，我承认我给不出一个答案。我还相信，不存在一个适用于一切人的答案。我只能说，最重要的是每个人都要真切地意识到他的"自我"的宝贵，有了这个觉悟，他就会自己去寻找属于他的答案。在茫茫宇宙间，每个人都只有一次生存的机会，都是一个独一无二、不可重复的存在。正像卢梭所说的，上帝把你造出来后，就把那个属于你的特定的模子打碎了。名声、财产、知识等是身外之物，人人都可求而得之，但没有人能够代替你感受人生。你死之后，没有人能够代替你再活一次。如果你真正意识到了这一点，你就会明白，活在世上，最重要的事就是活出你自己的特色和滋味来。你的人生是否有意义，衡量的标准不是外在的成功，而是你对人生意义的独特领悟和坚守，从而使你的自我闪放出个性的光华。

在历史上，每当世风腐败之时，人们就会盼望救世主出现。其实，救世主就在每个人的心中。耶稣是基督教徒公认的救世主，可是连他也说："一个人得到了整个世界，却失去了自我，又有何益？"《圣经》中有许多谬说，但这一句是金玉良言，值得我们永远牢记。

人生边上的智慧

——读杨绛《走到人生边上》

杨绛九十六岁开始讨论哲学，她只和自己讨论，她的讨论与学术无关，甚至与她暂时栖身的这个热闹世界也无关。她讨论的是人生最根本的问题，同时是她自己面临的最紧迫的问题。她是在为一件最重大的事情做准备。走到人生边上，她要想明白留在身后的是什么，前面等着她的又是什么。她的心态和文字依然平和，平和中却有一种令人钦佩的勇敢和敏锐。她如此诚实，以至于经常得不出确定的结论，却得到了可靠的真理。这位可敬可爱的老人，我分明看见她在细心地为她的灵魂清点行囊，为了让这个灵魂带着全部最宝贵的收获平静地上路。

在前言中，杨先生如此写道："我正站在人生的边缘上，向后看看，也向前看看。向后看，我已经活了一辈子，人生一世，为的是什么呢？我要探索人生的价值。向前看呢，我再往前去，就什么都没有了吗？当然，我的躯体火化了，没有了。我的灵魂呢？灵魂也没有了吗？"这一段话点出了她要讨论的两大主题：一是人生的价值，二是灵魂的去向，前者指向生，后者指向死。我们读下去便知道，其实这两个问题是密不可分的。

在讨论人生的价值时，杨先生强调人生贯穿灵与肉的斗争，而人生的价值大致取决于灵对肉的支配。不过，这里的"灵"，并不是灵魂。杨先生说："我最初认为灵魂当然在灵的一面。可是仔细思考之后，很惊讶地发现，灵魂原来在肉的一面。"读到这句话，我也很惊讶，因为我们常说的灵与肉的斗争，不就是灵魂与肉体的斗争吗？但是，接着我发现，她把"灵魂"和"灵"这两个概念区分开来，是很有道理的。她说的灵魂，指不同于动物生命的人的生命，一个看不见的灵魂附在一个看得见的肉体上，就形成了一条人命，且各自称为"我"。据我理解，这个意义上的灵魂，相当于每一个人的内在的"自我意识"，它是人的个体生命的核心。在灵与肉的斗争中，表面上是肉在与灵斗，实质上是附于肉体的灵魂在与灵斗。所以，杨先生说："灵魂虽然带上一个'灵'字，并不灵，只是一条人命罢了。"我们不妨把"灵"字去掉，名之为"魂"，也许更确切。

肉与魂结合为“我”，是斗争的一方。那么，作为斗争另一方的“灵”是什么呢？杨先生造了一个复合概念，叫“灵性良心”。其中，“灵性”是识别是非、善恶、美丑等道德标准的本能，“良心”是遵守上述道德标准为人行事的道德心。她认为，“灵性良心”是人的本性中固有的。据我理解，这个“灵性良心”就相当于孟子说的人性固有的善“端”，佛教说的人皆有之的“佛性”。这里有一个疑问：作为肉与魂的对立面，这个“灵性良心”当然既不在肉体中，也不在灵魂中，它究竟居于何处，又从何方而来？对此杨先生没有明说。综观全书，我的推测是，它与杨先生说的“大自然的神明”有着内在的联系。这个“大自然的神明”，基督教称作神，孔子称作天。那么，“灵性良心”也就是人身上的神性，是“大自然的神明”在人身上的体现。天生万物，人为万物之灵，灵就灵在天对人有这个特殊的赋予。

接下来，杨先生对天地生人的目的有一番有趣的讨论。她的结论是：这个目的绝不是人所创造的文明，而是堪称万物之灵的人本身。天地生人，着重的是人身上的“灵”，目的当然就是要让这个“灵”获胜了。天地生人的目的又决定了人生的目的。唯有人能够遵循“灵性良心”的要求修炼自己，使自己趋于完善。不妨说，人生的使命就是用“灵”引导“魂”，使之成为名副其实的“灵魂”。用这个标准衡量，杨先生对人类的进步提出了质疑：几千年过去了，世道人心进步了吗？现代书籍浩如烟海，文化普及，各专业的研究务求精密，皆远胜于古人，但是对真理的认识突破了多少呢？如此等等。一句话，文明是大大发展了，但人之为万物之灵的“灵”的方面却无甚进步。

尤使杨先生痛心的是：“当今之世，人性中的灵性良心，迷蒙在烟雨云雾间。”这位九十六岁的老人依然心明眼亮，对这个时代偏离神明指引的种种现象看得一清二楚：上帝已不在其位，财神爷当道，人世间只成了争权夺利、争名夺位的战场，穷人、富人有各自操不完的心，都陷在苦恼之中……在这个物欲横流的人世间，好人更苦：“你存心做一个与世无争的老实人吧，人家就利用你、欺侮你。你稍有才德品貌，人家就嫉妒你、排挤你。你大度退让，人家就侵犯你、损害你。你要保护自己，就不得不时刻防御。你要不与人争，就得与世无求，同时还要维持实力，准备斗争。你要和别人和平共处，就先得和他们周旋，还得准备随处吃亏……”不难看出，杨先生说的是她的切身感受。她不禁发出悲叹：“曾为灵性良心奋斗的人，看到自己的无能为力而灰心绝望，觉得人生只是一场无可奈何的空虚。”

况且我们还看到，命运惯爱捉弄人，笨蛋、浑蛋安享富贵尊荣，不学无术可以欺世盗名，有品德的人一生困顿不遇，这类事例数不胜数。“造化小儿的胡作非为，造成了一个不合理的人世。”这就使人对上天的神明产生了怀疑。然而，杨先生不赞成怀疑和绝望，她说：“我们可以迷惑不解，但是可以设想其中或有缘故。因为上天的神明，岂是人人都能理解的呢？”进而设问：“让我们生存的这么一个小小的地球，能是世人的归宿处吗？又安知这个不合理的人间，正是神明的大自然故意安排的呢？”如果我没有理解错的话，杨先生的潜台词是：这个人世间可能只是一个过渡，神明给人安排的真正归宿处可能在别处。在哪里呢？她没有说，但我们可设想的只能是类似佛教的净土、基督教的天国那样的所在了。

这一点推测，可由杨先生关于灵魂不灭的论述证明。她指出：人需要锻炼，而受锻炼的是灵魂，肉体不过是中介，锻炼的成绩只留在灵魂上；灵魂接受或不接受锻炼，就有不同程度的成绩或罪孽；人死之后，肉体没有了，但灵魂仍在，锻炼或不锻炼的结果也仍在。她的结论是：“所以，只有相信灵魂不灭，才能对人生有合理的价值观，相信灵魂不灭，得是有信仰的人。有了信仰，人生才有价值。”

那么，杨先生到底相信不相信灵魂不灭呢？在正文的末尾，她写道：“有关这些灵魂的问题，我能知道什么？我只能胡思乱想罢了。我无从问起，也无从回答。孔子曰：‘未知生，焉知死’，‘不知为不知’，我的自问自答，只可以到此为止了。”看来不能说她完全相信，她好像是将信将疑，但信多于疑。虽然如此，我仍要说，她是一个有信仰的人，因为在我看来，信仰的实质在于不管是否确信灵魂不灭，都按照灵魂不灭的信念做人处世，好好锻炼灵魂。孔子说“祭神如神在”，一个人若能事事都怀着“如神在”的敬畏之心，就可以说是有信仰的了。

杨先生向许多“聪明的年轻人”请教灵魂的问题，得到的回答很一致，都说人死了就什么都没有了，而且对自己的见解都坚信不疑。我不禁想起了两千五百多年前苏格拉底的同样遭遇，当年这位哲人也曾向雅典城里许多“聪明的年轻人”请教灵魂的问题，得到的也都是自信的回答，于是发出了“我知道我一无所知”的感叹。杨先生也感叹：“真没想到我这一辈子，脑袋里全是想不通的问题。”“我提的问题，他们看来压根儿不成问题。”“老人糊涂了！”但是，也和当年苏格拉底的情况相似，正是这种普遍的自以为知更激起了杨先生深入探究的愿望。我们看到，她不依据任何已有的理论或教义，完全依靠自己的生活经验和独立思考，一步一步自问自答，能证实的予以肯定，不能证实的存疑。例如肉体死后灵魂是否继续存在，她在举了亲近者经验中的若干实例后指出：“谁也不能证实人世间没有鬼。因为‘没有’无从证实；证实‘有’，倒好说。”由于尚无直接经验，所以她自己的态度基本上是存疑，但绝不断然否定。

杨先生的诚实和认真，着实令人感动。但不止于此，她还是敏锐和勇敢的，她的敏锐和勇敢令人敬佩。由于中国两千多年传统文化的实用品格，加上几十年的唯物论宣传和教育，人们对于看不见、摸不着的东西往往不肯相信，甚至毫不关心。杨先生问得好：“‘真、善、美’看得见吗？摸得着吗？看不见、摸不着的，不是只能心里明白吗？信念是看不见的，只能领悟。”我们的问题正在于太“唯物”了，只承认物质现实，不相信精神价值，于是把信仰视为迷信。她所求教的那些“聪明的年轻人”都是“先进知识分子”，大抵比她小一辈，其实也都是老年人了，但浸染于中国的实用文化传统和主流意识形态，对精神事物都抱着不思、不信乃至不屑的态度。杨先生尖锐地指出：“什么都不信，就保证不迷吗？”“他们的‘不信不迷’使我很困惑。他们不是几个人。他们来自社会各界：科学界、史学界、文学界等，而他们的见解却这么一致、这么坚定，显然是代表这一时代的社会风尚，都重物质而怀疑看不见、摸不着的‘形而上’境界。他们下一代的年轻人，是更加偏离‘形而上’境界，也更偏重金钱和物质享受的。”凡是对我们时代的状况有深刻忧虑和思考的人都知道，杨先生的这番话多么切中时弊，不啻醒世良言。这个时代有种种问题，最大的问题正是信仰的缺失。

我无法不惊异于杨先生的敏锐，这位九十六岁的老人实在比绝大多数比她年轻的人更年轻，心智更活泼，精神更健康。作为证据的还有附在正文后面的“注释”，我劝读者千万不要错过，尤其是《温德先生爬树》《劳神父》《记比邻双鹊》《〈论语〉趣》诸篇，都是大手笔写出的好散文啊。尼采有言：“句子的步态表明作者是否疲倦了。”我们可以看出，杨先生在写这些文章时是怎样地毫不疲倦、精神饱满、兴趣盎然，遣词造句、布局谋篇是怎样地胸有成竹、收放自如，一切都在掌控之中。这些文章是一位九十六岁的老人写的吗？不可能。杨先生真是年轻！

度一个创造的人生

如果要用一个词来概括人类精神生活的特征，那么，最合适的便是这个词——创造。

所谓创造，未必是指发明某种新的技术，也未必是指从事艺术的创作，这些仅是创造的若干具体形态罢了。创造的含义要深刻得多，范围也要广泛得多。人之区别于动物就在于人有一个灵魂，灵魂使人不能满足于动物式的生存，而要追求高出于生存的价值，由此展开了人的精神生活。大自然所赋予人的只是生存，因而，人所从事的超出生存以上的活动都是给大自然的安排增添了一点新东西，无不具有创造的性质。这样的活动当然不是肉体（它只要

活在世上，最重要的事就是活出你自己的特色和滋味来。

的

享受。

求生存）而是灵魂发动的。正是在创造中，人用行动实现着对真、善、美的追求，把自己内心所珍爱的价值变成可以看见和感觉到的对象。

由此可见，决定一种活动是否具有创造性的关键在于有无灵魂的真正参与。一个画匠画了一幅毫无灵感的画，一个学究写了一本人云亦云的书，他们都不是在创造。相反，如果你真正陶醉于一片风景、一首诗、一段乐曲的美，如果你对某个问题形成了你的独特的见解，那么你就是在创造。

许多哲学家都曾强调劳作与创造的区别，前者是非精神性的，后者是精神性的。在这方面，马克思的看法也许仍是最有启发意义的。他认为，人的本性是更喜欢从事自由的创造活动的，因为人在这种活动中能够充分实现自己的能力和价值，从而获得精神上的享受。然而，为了生存，人又必须从事生产活动。因此，可以把我们的时间划分为必要劳动时间和自由时间。一个理想的社会应当把必要劳动时间缩短到最低限度，以便为每个人从事创造活动腾出充足的自由时间。这个道理对于个人也是适用的。一个人只是为谋生或赚钱而从事的活动都属于劳作，而他出于自己的真兴趣和真性情从事的活动则属于创造。劳作仅能带来外在的利益，唯创造才能获得心灵的快乐。但外在的利益是一种很实在的诱惑，往往会诱使人们无休止地劳作，竟至于一辈子体会不到创造的乐趣。在我看来，创造在生活中所占据的比重，乃是衡量一个人的生活质量的主要标准。

真正的创造是不计较结果的，它是一个人的内在力量的自然而然的实现，本身即是享受。有一位夫人督促罗曼·罗兰抓紧写作，快出成果，罗曼·罗兰回答说：“一棵树不会太关心它结的果实，它只是在它生命汁液的欢乐流溢中自然生长，而只要它的种子是好的，它的根扎在沃土中，它必将结好的果实。”我非常欣赏这个回答。只要你的心灵是活泼的、敏锐的，只要你听从这心灵的吩咐，去做能真正使它快乐的事，那么，不论你终于做成了什么事，也不论社会对你的成绩怎样评价，你都度了一个有意义的创造的人生。

人所能及的神圣

自古以来，对于那些渴望超凡脱俗的人来说，肉体似乎始终是一个麻烦。这个肉体活着时要受欲望的折磨，而最后的结局又必是死亡。神是没有肉体的，所以神不会痛苦，也不会死亡。肉体似乎是人的动物性的根源，它决定了人不能摆脱动物的地位，达于神的境界。为了达于神的境界，人好像必须战胜这个肉体，在某种意义上把它消灭掉。正是出于这样的考虑，世界各种宗教里都有人主张和实行苦行主义，用许多烦琐的戒律来限制和禁绝肉体的欲望，摧毁肉体固有的动物性本能。

由这个途径能否达于神圣呢？据说有极少数人成功了，例如基督教中的圣徒和佛教中的高僧。我是俗界中人，难以揣摩其中的奥秘。依我俗人之见，灭绝肉体的欲望无异于扼杀生命的乐趣，代价未免太大。而且，如此求得的那个状态究竟真个是超神入化的仙境，抑或只是因为肉体衰竭而造成的一种幻觉，实在也不好说。人生而有一个肉体，这个肉体生而有七情六欲，这本是大自然的安排。在我看来，任何逆自然之道而行的做法总是有些不对头的。

所以，我更赞成另一种途径，即肯定肉体及其欲望的合理性，不是甩掉肉体而是带着肉体走向神圣。这就是通常所说的实现本能的升华。为了实现本能的升华，前提是必须对欲望进行某种限制。一方面有健全的生命欲望；另一方面既非加以禁绝，又非任其泛滥，而是使之沿着一定的轨道宣泄，迸发为精神追求和创造的原动力。譬如说，凡正常人皆有性欲，它是一种纯粹动物性的本能，如果对它毫不加以限制，滥交纵欲，人便与禽兽无异。但是，性欲又是许多美好的情感包括爱情、美感、创造欲的原动力，而为了使它升华为这些美好的情感，限制是绝对必要的。尤其在少年时期，性的觉醒和某种程度的压抑会形成一种奇妙的张力，成为滋生这些美好情感的沃土。相反，肉欲泛滥之处，爱情和美感便荡然无存。

人之为人，就在于他身上既有动物性，又有神性。人身上的神性不是灭绝了动物性而产生的，而是由动物性升华而来的，这是人所能及的神圣和超越。所谓人性，也就是动物性向神性的升华。我不相信世上有毫无动物性的神人。但是，遗憾的是，世上倒的确有几乎没有一丝一毫神性、唯剩动物性的兽人。这种人心目中没有任何神圣的价值，百无禁忌，为了满足自己的欲望，可以做出任何伤天害理的事情，甚至残杀无辜。在当今社会上，这类人似在增多，实在令人担忧。造成这种情形的原因很复杂，因而要改变也就必须做多方面的努力。从精神的层面看，一个重要原因便是对神圣价值的信仰的普遍丧失。对此我只能说，无论个人，还是民族，都要有所敬畏，相信世上仍有不可亵渎的神圣价值，否则必遭可怕的惩罚。

智慧引领幸福

1. 超越欲望才有幸福

叔本华说，人受欲望支配，欲望不满足就痛苦，满足了就无聊，人生如同钟摆在痛苦和无聊之间摇摆。他的结论是：根本就不存在幸福这回事。

如果只在欲望层面上找幸福，叔本华的话是对的。欲望意味着匮乏，而匮乏就是痛苦，欲望的满足则意味着欲望的空白，而这就是无聊。比如肉体的欲望——食欲、性欲，不满足是痛苦，满足时顶多有短暂的快乐，然后便是无聊。又比如对金钱的欲望，钱少了是痛苦，钱多了，如果没有更高的目标，就会无聊，然后要去赚更多的钱，但钱再多也填补不了内心的空虚，即使你富裕得成了一个金钟摆，仍逃脱不了在痛苦和无聊之间摇摆的命运。

然而，超越欲望的层面，叔本华的说法就不成立了。精神性质的愿望，其产生不是基于匮乏，而是基于内在的丰富，其满足又会激起更强烈的愿望，因此绝不存在痛苦和无聊的悖论，相反是快乐递进的良性过程。比如说，你渴望知识，喜欢读书，你会因此痛苦吗？当然不会，这类愿望本身就是令人快乐的。然后，你去满足你的愿望，你读了一本好书，读了许多好书，你会因此无聊吗？当然也不会，你只会感到充实。

2. 两种不同的比较

只把物质的快乐视为幸福，只在物质的层面上和人比快乐，这样的人必定永远劳心劳力，无幸福可言。

为什么不做另一种比较呢？凡是真正品尝过精神的快乐的人，把它和物质的快乐做比较，一定都知道，它带来的幸福感远非后者可比。这样的人是不屑于和人比物质的快乐的。

3. 幸福包容人生的正负体验

幸福是相对的，现实中的幸福是包容人生各种正负经历的丰富的体验。人生中必然遭遇挫折和痛苦，把它们视为纯粹的坏事予以拒斥，乃是一种愚痴，只会使自己距幸福越来越远。

4. 智慧引领幸福

苏格拉底提出过一个等式：智慧＝美德＝幸福。他的意思是，一个人倘若想明白了人生的道理，做人就一定会做得好，而这也就是幸福。反过来说，我们的确看到，许多人之所以生活得不幸福，正是因为没有想明白人生的道理，在做人上出了问题。在此意义上，智慧是引领我们寻求幸福的明灯。

5. 幸福的“器官”是心灵

如果我们要给幸福寻找一个“器官”，那只能是心灵，而非肉体。肉体只有快感和痛感，是心灵在做幸福和不幸的判断。正因为如此，心灵的取向和状态对于幸福是重要的。

6. 幸福来自有意义的关联

意义即关联，关联有两类。一类是我们的生活与有限的生命价值和精神价值的关联，比如父母对子女的爱，出于精神动机从事的事业，皆属此类。另一类是我们的生活与无限的生命价值和精神价值的关联，这实际上就是指对人生的超验意义的信仰。提供这种超验意义的那个至高境界无法证实，但唯有假设它存在，与它保持关联，才可使人生获得真正充实的幸福。

现代人发疯似的追求幸福，这种狂热是一种病态，其病因在于关联破裂，意义缺失，由此产生了人人痛心却无力战胜的内心空虚和外在冷漠。可是，人们往往找错了原因，反而愈加急切地追求物质，寻找表面的快乐，试图以之填满意义的真空，结果徒劳。

7. 宗教与幸福的关系

追求幸福会面临两大威胁。一是沉湎于肉体的、物质的快乐，使人堕落，无缘于精神的幸福；二是人世间一切幸福会被死亡一笔勾销。宗教的主题是灵与肉、生与死的关系，就是要解除这两大威胁。

但是，宗教倘若推至极端，用灵否定肉，用死后的不朽否定生，就反而会损害人世间的幸福。

8. 幸福这把尺子太小

那些伟大的灵魂，圣者如佛陀和耶稣，贤哲如苏格拉底和孔子，天才如尼采和凡·高，生前或者贫困终身，或者受尽磨难，如果用世俗的眼光来评估，他们都是很不幸福的。幸福这把尺子太小，衡量不了这些精神伟人的价值。

不过，倘若把幸福定义为人性的伟大，他们又是最幸福的。

9. 快乐的二原则

追求快乐无可非议，但要遵循两个原则。一是道德原则，你在追求快乐的时候不可给他人造成痛苦，不可损害他人；二是理性原则，你在追求快乐的时候不要给自己埋伏下痛苦，不要损害自己。违背前一个原则，是卑劣；违背后一个原则，是愚蠢。其实卑劣者往往愚蠢，损人往往以损己告终。

10. 积极的超然

真性情之人，不但有诗人的心灵，热爱人生，富于生活情趣，还必须有哲人的胸怀，彻悟人生，能够超然物外。倘若没有后者，人就会受外部事物和外在遭遇的支配，患得患失，生活情趣便荡然无存了。超然未必是消极的出世，反而可以是一种积极的人生态度，你和你的人生保持一个距离，结果是更能欣赏人生的妙趣。

11. 福禄寿新解

中国人供奉福、禄、寿，我曾恨其庸俗不堪，现在忽然想到，三者恰好概括了人生哲学的三大主题，即幸福、道德、生死。如果用孔孟的思想来解释，它们还可以是很高的境界：福是“一箪食，一瓢饮，在陋巷”的颜回之“乐”；禄是“仁义忠信，乐善不倦”的“天爵”，而非“公卿大夫”的“人爵”；寿是精神健康意义上的“仁者”之“寿”。

12. 幸福是多支点的

要敬业，不要唯职业。要创业，不要唯事业。生活的领域无比宽广，人生的内容丰富多彩，幸福是多支点的。

人生没有假如

王甲请我为他的书取名，读完稿子，这个书名在我脑中油然而生：《人生没有假如——一个渐冻人的悟和行》。

四年前，这个意气风发的青年设计师突然发现自己的身体发生了某种变化，说话和行动越来越困难，不久后被确诊为肌萎缩侧索硬化症，英文简称 ALS，俗称渐冻症。随着病程的进展，他眼看着自己的身体机能一步步萎缩，终于到了整个身体只有眼珠能动的地步。

一种概率只有十万分之四的绝症突然选中了自己，怎能不感到委屈和痛苦，但王甲没有沉溺于此，他很快选择了坦然接受这个意

人生没有假如，已经发生的厄运，只有面对它、接受它，

从而在命运的新的规定下走出一条新的路来。

外，接受从此和常人不同的命运，接受死亡随时会到来的事实。他的这个态度，既是勇敢的，也是智慧的，令人敬佩。我们都会说命运无常，可是，一旦厄运降临，往往会陷在假如厄运没有降临的思路里，把命运的突变感受为生活的毁灭，丧失继续前行的勇气。然而，人生没有假如，已经发生的厄运，只有面对它、接受它，从而在命运的新的规定下走出一条新的路来。在某种意义上，厄运好比是上帝给凡人出的一道试题，测试其灵魂的品质，王甲以极为优异的成绩通过了考试。他把命运的转折当作一种人生使命来接受，决心把生命中的不同变成属于自己的真正的不同，用独特的姿态行走人生。他是这样想的，也是这样做的。

在王甲的前方，有一个伟大的榜样，就是患同样疾病的霍金。他对自己说："霍金，一个不到七十斤的男人，他支配不了自己的身体，却拥有整个宇宙。"在给他的信中，霍金也勉励他："将您的目光放到残疾不能阻挡的事业之上，并且坚定地将它做下去。"渐冻症患者虽然失去了行动的能力，但感觉、记忆、思维都完好无损，这反而使王甲看世界的眼光更加敏锐而清澈。于是我们看到，他起先用一根手指，在手指也不能动了以后，用眼神的示意指挥助手移动鼠标，设计出了近百件构图纯美、意蕴深刻的作品。其中，有相当数量是为重大事件、活动设计的公益海报、广告、标志，产生了广泛的影响，而获得的报酬大多捐给了慈善事业。在通常的概念中，残疾人只是慈善的对象，王甲代表残疾人颠覆了这个概念。正如他所说，他所创作的小小的图片里包含着大大的梦想，表达了他对生活的热爱，而世界也从中感受到了他生命的温度。

不能不提及的是，王甲在患病之后能够开创新的精彩人生，支撑他的还有一种巨大的力量，那就是爱和感动。许多陌生人关爱他、帮助他，书中讲述的莲姐、虹妈妈在最关键的时刻如同天使出现在他的世界里，使他在黑暗中看到了光明。他说得好：“感动是有方向的，感动是美好的，感动是来自心底的。它有颜色，有味道，亦有力量。”这个力量推动他继续传递爱，因为尝到了被赠予的快乐而去赠予，去帮助别的需要帮助的人们。在他的感召下，中国的“渐冻人”群体受到了社会各界更多的关注。有人说，王甲是被上天选中的人，被选中来替这个群体承担更重要的使命。我相信这个判断。

在一首诗里，王甲写道：“我本是天空之水，落入凡尘……我被一点点地冻结，寒气使我不能奔流，最后把我冰封成一个在阳光里的冰雕。”我要对王甲说：你的确是天空之水，而天空之水是不会冻结的，我分明看见你的生命依然奔腾在灿烂的阳光里。

补记：写完这篇序的第二天，我在北京的一个寓所里见到了王甲。他靠在轮椅上，而他全身唯一能动的眼睛是那么澄澈、年轻、聪明，充满着喜悦。电脑上已安装特殊的软件，他用眼睛的注视操纵鼠标，与我交谈，表达与我相见的快乐。墙上贴着他生病以前的青春喷薄的照片和优美的书法，以及生病以后的设计作品。这是一个多么可爱的青年。我最强烈的感觉是，倘若人生有假如，假如厄运没有降临他该多好啊，而假如是我处在他的境遇中，我很可能做不到像他这样坦然面对。他说他崇拜我，我听了万分羞愧，我告诉他，他才是值得我崇拜的，他的精彩的生命照亮了许多人，也照亮了我。

第五章

回归简单的生活

在一个人的生活中，精神需求相对于物质需求所占比例越大，他就离神越近。

活得简单才能活得自由

在五光十色的现代世界中，让我们记住一个古老的真理：活得简单才能活得自由。

自古以来，一切贤哲都主张过一种简朴的生活，以便不为物役，保持精神的自由。

事实上，一个人为维持生存和健康所需要的物品并不多，超乎此的属于奢侈品。它们固然提供享受，但更强求服务，反而成了一种奴役。现代人是活得愈来愈复杂了，结果得到许多享受，却并不幸福，拥有许多方便，却并不自由。

仔细想一想，我们便会发现，人的肉体需要是有被它的生理构造所决定的极限的，因而由这种需要的满足而获得的纯粹肉体性质的快感差不多是千古不变的，无非是食色、温饱、健康之类。殷纣王“以酒为池，悬肉为林”，但他自己只有一个普通的胃。秦始皇筑阿房宫，“东西五百步，南北五十丈”，但他自己只有五尺之躯。多么热烈的美食家，他的朵颐之快也必须有间歇，否则会消化不良。多么勤奋的登徒子，他的床笫之乐也必须有节制，否则会肾虚。每一种生理欲望都是会餍足的，并且严格地遵循着过犹不足的法则。山珍海味，挥金如土，更多的是摆阔气。藏娇纳妾，美女如云，更多的是图虚荣。万贯家财带来的最大快乐并非直接的物质享受，而是守财奴清点财产时的那份欣喜，败家子挥霍财产时的那份痛快。凡此种种，都已经超出生理满足的范围了，但称它们为精神享受未免肉麻，它们至多只是一种心理满足罢了。

人的肉体需要是很有限的，无非是温饱，超于此的便是奢侈，而人要奢侈起来却是没有尽头的。温饱是自然的需要，奢侈的欲望则是不断膨胀的市场刺激起来的。富了总可以更富，事实上也必定有人比你富，于是你永远不会满足，不得不去挣越来越多的钱，赚钱便成了你的唯一目的。

奢华不但不能提高生活质量，往往还会降低生活质量，使人耽于物质享受，远离精神生活。只有在那些精神素质极好的人身上，才不会发生这种情况，而这又只因为他们其实并不在乎物质享受，始终把精神生活看得更珍贵。一个人在巨富之后仍乐于过简朴生活，正证明了灵魂的高贵，能够从精神生活中获得更大的快乐。

一个专注于精神生活的人，物质上的需求必定是十分简单的。因为他有重要得多的事情要做，没有工夫关心物质方面的区区小事；他沉醉于精神王国的伟大享受，物质享受不再成为诱惑。

在一个人的生活中，精神需求相对于物质需求所占比例越大，他就离神越近。

智者的共同特点是：一方面，因为看清了物质快乐的有限，最少的物质就能使他们满足；另一方面，因为渴望无限的精神快乐，再多的物质也不能使他们满足。

我一向认为，人最宝贵的东西，一是生命，二是心灵，而若能享受本真的生命，拥有丰富的心灵，便是幸福。这当然必须免去物质之忧，但并非物质越多越好，相反，毋宁说这二者的实现是以物质生活的简单为条件的。一个人把许多精力给了物质，就没有什么闲心来照看自己的生命和心灵了。诗意的生活一定是物质上简单的生活，这在古今中外所有伟大的诗人、哲人、圣人身上都可以得到印证。

人活世上，有时难免要有求于人和违心做事。但是，我相信，一个人只要肯约束自己的贪欲，满足于过比较简单的生活，就可以把这些减少到最低限度。远离这些麻烦的交际和成功，实在算不得什么损失，反而受益无穷。我们因此获得了好心情和好光阴，可以把它们奉献给自己真正喜欢的人和真正感兴趣的事，而首先是奉献给自己。对于一个满足于过简单生活的人,生命的疆域是更加宽阔的。

许多东西，我们之所以觉得必需，只是因为我们已经拥有它们。当我们清理自己的居室时，我们会觉得每一样东西都有用处，都舍不得扔掉。可是，倘若我们必须搬到一个小屋去住，只允许保留很少的东西，我们就会判断出什么东西是自己真正需要的了。那么，我们即使有一座大房子，又何妨用只有一间小屋的标准来限定必需的物品，从而为美化居室留出更多的自由空间?

许多事情，我们之所以认为必须做，只是因为我们已经把它们列入了日程。如果让我们凭空从其中删除某一些，我们会难做取舍。可是，倘若我们知道自己已经来日不多，只能做成一件事情，我们就会判断出什么事情是自己真正想做的了。那么，我们即使还能活很久，又何妨用来日不多的标准来限定必做的事情，从而为享受生活留出更多的自由时间?

一个人把许多精力给了物质，就没有什么闲心来照看自己的生命和心灵了。

回归简单的生活

除夕之夜，鞭炮声大作。我躲进了我的小屋。这是我最容易感到寂寞无聊的时候。不过，这种感觉没什么不好。

我的趣味一向是，寂寞比热闹好，无聊比忙碌好。寂寞是想近人而无人可近，无聊是想做事而无事可做。然而，离人远了，离神就近了。眼睛不盯着手头的事务，就可以观赏天地间的奥秘了。人生诚然难免寂寞无聊，但若真的免去了它们，永远热闹，永远忙碌，岂不更可怕？

现代人差不多是到了永远热闹忙碌的地步。奇怪的是，寂寞无聊好像不但没有免去，反而有增无减。整个现代生活就像是一场为逃避寂寞制造出来的热闹，为逃避无聊制造出来的忙碌。可是，愈怕鬼，鬼愈来，鬼就在自己心中。

看到书店出售教授交际术、成功术之类的畅销书，我总感到滑稽。一个人对某个人有好感，和他或她交了朋友，或者对某件事感兴趣，想方设法把它做成功，这本来都是自然而然的。不熟记要点就交不了朋友，不乞灵秘诀就做不成事业，可见多么缺乏真情感真兴趣了。但是，没有真情感，怎么会有真朋友呢？没有真兴趣，怎么会有真事业呢？既然如此，又何必孜孜于交际和成功？这样做当然有明显的功利动机，但那还是比较表面的，更深的原因是精神上的空虚，于是急于找捷径躲到人群和事务中去。我不知道其效果如何，只知道如果这样的交际家走近我身旁，我一定会更感寂寞，如果这样的成功者站在我面前，我一定会更觉无聊的。

人活世上，有时难免要有求于人和违心做事。但是，我相信，一个人只要肯约束自己的贪欲，满足于过比较简单的生活，就可以把这些减少到最低限度。远离这些麻烦的交际，实在算不得什么损失，反而受益无穷。我们因此获得了好心情和好光阴，可以把它们奉献给自己真正喜欢的人、真正感兴趣的事，而首先是奉献给自己。对于一个满足于过简单生活的人，生命的疆域是更加宽阔的。

曾经有一个时期，人类过着极其平静单调的生活。用现代人的眼光看，一定会认为那种生活难以忍受。可是，我们很少听说我们的祖先曾经抱怨寂寞，叹息无聊。要适应简单的生活，必须有一颗淳朴的心。我承认我也是一个现代人，已经没有那样淳朴的心，因而适应不了那样简单的生活了。不过，我想，我至少能做到，当我寂寞无聊的时候，尽量忍受，绝不逃避。我不到电视机前去呆坐，不到娱乐厅去玩电子游戏，不去酒吧陪时髦的先生或小姐喝高级饮料，宁肯陪我的无聊多坐一会儿。我要尽量平静地度寂寞的时光，尽量从容地品尝无聊的滋味，也许这正是一个回归简单生活的机会。

照理说，生命如此短暂，想做的事根本做不完，应该没有工夫感到无聊。单说读书，读某一类书，围绕某一个专题读，就得搭进去一辈子的光阴。然而，我宁愿少读点书，多留点时间给无聊。一个人只要不讨厌自己，是不该怕无聊的。不读别的书，正好仔细读自己的灵魂这本书。我可不愿意到了垂暮之年，号称读书破万卷，学问甲天下，自己的灵魂这本书却未曾翻开过。如果那样，我会为自己白活一场而死不瞑目的。

新年伊始，我只有一个很简单的愿望。我希望在离城市很远的地方有一间自己的屋子，里面只摆几件必要的家具，绝对不安电话，除了少数很亲密又很知趣的朋友外，也不给人留地址，我要在那里重新学会过简单的生活。至于说像梭罗那样在风景优美的湖滨筑屋幽居，那可是我不敢抱的奢望。

珍惜平凡的生活

——《幸福的哲学》讲座

生儿育女，亲情，家庭，这些东西的确很平凡，人类千百万年以来一直是这样过的。但是，正是这种平凡的生活对于人类来说是最重要的，有了这个东西，人类就能世世代代延续下去，没有这个东西，人去做其他各种各样的事情还有什么意义？所以，我认为，我们应该有一个觉悟，就是珍惜平凡生活的价值。我们往往有很多的野心或者说雄心，要在这个世界上轰轰烈烈地干一番事业，要铸造辉煌、卓越等，我说你可以那样去干，但是你千万别忘记了，平凡生活仍然是你生活中最重要的部分，是人类生活中最重要的部分，它们组成了人类生命的永恒的核心和基础。说到底，一切的不平凡最后都要回归到平凡，都要用对平凡生活做出的贡献来衡量它们的价值。如果平凡生活过不好，你再不平凡，再精彩，我觉得那都是空的，其价值都很有限。

法国哲学家蒙田说，一个人能够和家人和睦相处，这是人生的重大成就。我觉得他说得很对。一个人事业再辉煌，在社会上成就再大，如果不能和家人和睦相处，甚至完全没有时间和家人相处，家不成其为一个家，我认为你的人生就是有根本缺陷的。英国哲学家霍布斯说，怀有野心的人是不会把时间浪费在妻子和朋友身上的，他不得不把全部时间奉献给他的敌人。说得真好，的确有这样的人，把全部时间用来争权夺利、钩心斗角，却舍不得花一点时间来陪家人，还自吹是为了事业而牺牲家庭生活。

在生活中，每当有亲人去世的时候，我们往往会追悔，谴责自己没有好好珍惜相处的时光。可是，事实上，相遇是缘，分离却是命，再亲的亲人也是时时刻刻在走向分离，因为总会有人先走，只能陪一程。所以，不要事后追悔，现在就要珍惜。杨绛几年前写过一本书叫《我们仨》，她在书里说，这辈子最大的成就是“我们仨”，就是她、钱钟书以及女儿钱瑗这三个灵魂在这个世界上相遇了。她和钱先生都是大学者、大作家，但她并不认为这算多大的成就，最大的成就是有这一个好家。那么，钱先生和钱瑗相继去世，这就是最大的痛苦，她在书中不断地叹息，我们仨失散了，永远地失散了。

我很理解她的感受。如果你有一个好家，最悲哀的事情是什么？就是总有一天会失散，而且再也没有另一个世界让你们重逢了。所以，一定要珍惜现在的每时每刻。人很容易被日常生活消磨得麻木，对生命不敏感，有必要经常提醒自己，不要忽略和错过了人生中那些最珍贵的价值。

一个人活在世界上，一定要有相爱的伴侣、和睦的家庭、知心的朋友。你再忙也一定要和自己的家人一起吃晚饭，餐桌上一定要有欢声笑语，这比有钱、有车、有房重要得多。你钱再多，车再名贵，房再豪华，可是没有这些，和谁之间都没有真爱，那你其实是非常可怜的，你在这个世界上是一个孤魂野鬼。相反，即使穷一点儿，但是有这些，你就是在过一个活人的正常生活。

其实，对社会来说，对一个国家、一个民族来说，也是一样。你说一个时代、一个国家，我们用什么标准评判它好不好？中国的老百姓有一个很朴素的标准，他们把历史上的时代分为治世和乱世，治世就是老百姓能够安居乐业，大家都能好好过平凡生活，乱世就是兵荒马乱，或者贪官污吏横行，老百姓不能安居乐业，平凡生活遭到了破坏。我觉得老百姓的标准是对的，如果不能安居乐业的话，你GDP再高，国势再强盛，有什么用？所以，安居乐业是最低标准，也是一个最基本的标准。

当好自然之子

1. 客串“隐士”

人是自然之子。但是，城市里的人很难想起自己这个根本的来历。这毫不奇怪，既然所处的环境和所做的事情都离自然甚远，唯有置身在大自然之中，自然之子的心情才会油然而生。那么，到自然中去吧，面对山林和大海，你会越来越感到留在城市里的那一点名利多么渺小。当然，前提是你把心也带去。最好一个人去，带家眷亦可，但不要呼朋唤友，也不要开手机。对于现代人来说，经常客串一下“隐士”是聊胜于无的精神净化的方式。

2. 遵循自然的节奏

春华秋实，万物都遵循自然的节奏，我们的祖先也是如此。但是，现代人却相反，总是急急忙忙怕耽误了什么，总是遗憾有许多事情来不及做。

其实，即使你从事的是精神的创造，何妨也悠然而行，让精神的果实依照自然的节奏成熟。事实上，一切伟大作品的诞生，都一定有这样一个孕育的过程。做一个心满意足的好孕妇，是精神创造者的最佳状态。

3. 当好自然之子是前提

动物服从于自然，它对物质条件的需求，它与别的生命的竞争，都在自然需要的限度之内。人却不同，只有在人类之中，才有超出自然需要的贪婪和残酷。

如果说这是因为上天给了人超出动物的特殊能力，这个特殊能力岂不用错了地方？上天把人造就为万物之灵，岂不反而成了对人的惩罚？

事情本不应如此。上天给人的特殊能力，人本应主要用在精神领域，而在物质领域则满足于自然需要。倘若这样，人世间不知会减去多少纷争和罪恶。

由此可见，人的两个身份是密切相关的：当好自然之子是当好万物之灵的前提，生命越单纯，精神就可能越优秀。

4. 理性的坏作用

人因为有理性而高于动物，但理性也有坏作用。动物知道自己需要什么，知道自己需要的程度和数量，人却未必，人会在自己生命需要的问题上变得复杂而无知，被想象出来的虚假需要所支配。这是其一。

还有其二。动物的凶猛仅限于本能，只是为了生存，人残暴起来可不得了，会做出对于生存毫无必要的坏事，以暴行本身为乐。自然界里找不出一种动物，会像人这样虐待和屠杀自己的同类。常有人说，人堕落了会沦为禽兽，我说这是对动物的诬蔑，事实是人堕落起来比禽兽坏无数倍。

人因为有理性而有语言、有想象力、有人际关系。人的这个特性对于生命和灵魂两者都可能成为干扰，使生命复杂，使灵魂沉沦。所以，应该约束理性的作用，让它少干扰生命和灵魂。作为生命，人要好好做动物，遵循自然之道。作为灵魂，人要好好做人，听从神的旨意。

5. 扰乱本性的两个东西

我们的本性最经常地被两个东西扰乱和扭曲，一是利益的争夺，二是流行的观念。庄子对此早有警示，称前者为“丧己于物”，称后者为“失性于俗”。

我不向时间争分夺秒，不让我的人生成为争分夺秒的战场，这反而使得我的每一个当下都完好无损。

逆境也是生活

1. 基本的智慧

人在世上生活，难免会遭遇挫折、失败、灾祸、苦难。这时候，基本的智慧是确立这样一种态度，就是把一切非自己所能改变的遭遇，不论多么悲惨，都当作命运接受下来，在此前提下走出一条最积极的路来。不要去想从前的好日子，那已经不属于你，你现在的使命是在新的规定下把日子过好。这就好比命运之手搅了你的棋局，而你仍必须把残局走下去，那就好好走吧，把它走出新的条理来。为什么我说是基本的智慧呢？因为你别无选择，陷在负面遭遇中不能自拔是最愚蠢的，而人在这种时候往往容易愚蠢。

2. 接过来，然后放下

人活世上，难免遭遇痛苦，大至亲人亡故，爱侣别离，小至钱财损失，朋友反目。这类事一旦发生，不可更改，就应该用通达的态度来面对，简单地说，就是：把它接过来，然后放下。第一，要接过来，在心理上承认和接受事实。坏事已经发生，你拼命抗拒，只是和自己过不去，事情本身不会有丝毫改变。第二，接过来之后，要尽快放下，不把它存在心上。你总存在心上，为它纠结和痛苦，仍然是和自己过不去，实际上是在加大坏事对你的损害。让坏事只存在于你的身外，不让它侵害到你的内心，这是最好的办法。当然，我们只能尽量这么做，做到什么程度是什么程度。

3. 人生没有假如

我们都会说命运无常，可是，一旦厄运降临，往往会陷在假如厄运没有降临的思路里，把命运的突变感受为生活的毁灭，丧失掉继续前行的勇气。厄运好比上帝给凡人出的一道试题，测试其灵魂的品质。人生没有假如，已经发生的厄运，只有面对它、接受它，从而在命运的新的规定下走出一条新的路来。

4. 逆境也是生活

人生有顺境，也有逆境。我们往往只把顺境看作生活，认为逆境不是生活，而是不得不忍受的例外，盼望它快快过去，生活可以重新开始。怀着这样的心态，人在逆境中就必定焦虑不安，度日如年，苦难望不到头。应该调整心态，在逆境中要这样想：这就是我现在的生活，甚至是我永远的生活，我怎么把它过得有意义？事实上，如果你的心态平静而又积极，逆境的确也是一种生活。

5. 对灵魂的检验

苦难检验人的灵魂的坚强和软弱，软弱的灵魂在寻常的苦难中一蹶不振。成功检验人的灵魂的高贵和卑劣，卑劣的灵魂在表面的成功中暴露无遗。

不和时间赛跑

1. 不和时间赛跑（之一）

一眨眼又一年过去了，真是太快了。年复一年，岁月飞逝，人不由得会产生分秒必争的紧迫心情。然而，我的原则是不和时间赛跑。时间分秒不停地在走，人怎么跑得赢时间呢？跑赢了岂不要累死，累死了也不知何所图。管它时间走得多么快，我就慢慢地走，按照自己觉得舒服的节奏走，享受每一个当下，欣赏沿途的风景。我不理睬时间，就当它不存在，静心做事情，安心过日子。我不向时间争分夺秒，不让我的人生成为争分夺秒的战场，这反而使得我的每一个当下都完好无损。

2. 不和时间赛跑（之二）

每到年关，我就惊讶时间怎么过得这样快。但是，也就惊讶罢了，我不给自己订时间表，不和时间赛跑。和时间赛跑，第一跑不赢，第二跑赢了也无意义。我想得很开，在上帝眼中，亦即在永恒的时空中，我做事情做多做少都一样。

3. 年龄·心态·觉悟

忽然想到了我的年龄。即使在老龄标准大大推迟的今天，我也不能赖在中老年交界的碑石前暂不挪步了。心态多么年轻，也阻挡不了时间加速度的步伐，曾经觉得非常遥远的半百、花甲，一眨眼已经都落在了身后。岁月无情，人生易老，对此真是无话可说。

然而，好的心态仍是重要的。这个好的心态，不是傻乐，不是装嫩，而是历经沧桑之后的豁然开朗。我体会到，人过中年以后，应该逐步建立两方面的觉悟，一方面是与人生必有的缺陷达成和解，另一方面是对人生根本的价值懂得珍惜。有了这两方面的觉悟，就会有好的心态。

4. 观赏自己的年龄风景

人生不同的年龄阶段，会有不同的风景。年幼的时候，我们沉浸在风景里，和风景是一体，自己还不会观赏，观赏者是父母和他人。长大以后，我们或多或少会观赏自己的年龄风景了，看自己青春的浪漫和寂寞，看自己壮年的成熟和努力。然后，老年来临了，好吧，让我们站在躯壳之外，笑看自己满头华发，满脸皱纹，脚步蹒跚，心情平和，恬然观赏自己人生的最后一道风景。

5. 状态比目标重要

我突然想明白了一个道理：人生真正重要的不是目标，而是状态，只要状态是好的，就不必在目标问题上追根究底了，或者就可以说目标是对的。目标的价值不在理论上，而在实践上，就是为了让你的人生有一个好的状态。

6. 观念的支配作用

观念对于心态和行为有支配的作用。比如走路，你步行去某地，为了办一件具体的事务，只想着快快走完这段路，你就会觉得走路是纯粹的支出，是一件苦事。相反，如果你把步行本身当作健体的运动，同样是快步行走，你却会觉得走路是完全的收入，是一件乐事。推而广之，我们无论做什么事，如果只是因为喜欢这件事本身，做事的过程就会是享受的；如果是把这件事当作达到某个功利目的的手段，做事的过程就会是痛苦的。

不较劲的智慧

1. 分清自己能否支配

人生智慧的一个重要方面，是分清什么是自己能够支配的，什么是自己不能支配的。对于自己不能支配的，你只能顺其自然。对于自己能够支配的，你要努力。至于努力的结果是什么，也不妨顺其自然。

2. 不较劲的智慧

人生许多痛苦的原因在于盲目地较劲。所以，你要具备不较劲的智慧，这包括三个方面：

第一，不和自己较劲，对自己要随性。你要认清自己的禀赋和性情，在人世间找到最适合自己的位置，不和别人攀比。

第二，不和他人较劲，对他人要随缘。你要明白人与人之间有没有缘和缘的深浅是基本确定了的，在每个具体情境中做到大致心中有数，不对任何人强求。

第三，不和老天较劲，对老天要随命。你要记住人无法支配自己的命运，但可支配自己对命运的态度，平静地承受落在自己头上的不可避免的遭遇。

3. 和外部遭遇拉开距离

一个人活在世界上，必须学会和自己的外部遭遇拉开距离。这有两层意思。

其一，面对你的外部遭遇，你要保持内心的自主。人往往容易受既有的遭遇支配，被已经发生的情况拖着走，走向自己并不想去的地方。其实，既有的遭遇未必就决定了未来的走向，在多数情况下，人仍然是有选择的自由的，你一定不要放弃这个自由，而你的未来走向在很大程度上就取决于你能否用好这个自由。

其二，面对你的外部遭遇，你要保持内心的宁静。如果既有的遭遇足够严重，已经发生的情况对你的打击足够大，到了彻底改变你的未来走向的地步，那就坦然地接受吧。这个时候必须有超脱的眼光，人终有一死，一切祸福得失都是过眼烟云，不必太在乎。

总之，如果可能，就做命运的主人，不向它屈服；如果不可能，就做命运的朋友，不和它较劲。

4. 不要死在一件小事上

如果你把全部注意力放在一件事上，那件事多么小也会被无限放大，仿佛是天大的事。那么，掉转你的视线吧，去看人间的百态，历史的变迁，宇宙的广袤，再回头看那件事，你就会发现它多么微不足道了。让你的心灵活在一个广阔的世界上，你就不会死在一件小事上了。可悲的是，死在一件小事上的人何其多也。

5. 思虑伤身，多思健体

思虑伤身，为日常生活中的小事、琐事而忧虑、烦恼、痛苦，这种情况因为频繁发生而日积月累，事实上最容易致病。相反，有思考习惯和能力的人，能够以理智的态度和宽阔的胸怀面对人世间的事情，不但不会伤身，反而可以健体。那些想大问题的人，哪怕想的是苦难和死亡，比如苏格拉底和佛陀，身体都好得很。

6. 警惕小事

想大问题，哪怕是想死亡这种可怕的大问题，并不会损害健康。相反，为小事纠结、烦恼、愤怒，却是最伤身的。

人面临大事往往会诉诸理性，因此比较冷静。相反，却很容易被小事刺激得怒火中烧，怨气郁结。

结论是：警惕小事，面对小事你要控制住自己的情绪。

7. 间接的自怨

自怨是最痛苦的。有直接的自怨，因为自知做错了事，违背了自己的心愿或原则，便生自己的气，甚至看不起自己。也有间接的自怨，怨天尤人归根结底也是自怨，怨自己无能或运气不好。不错，你碰上了倒霉事，可是你就因此成为一个倒霉蛋了吗？如果你怨气冲天，那你的确是的。但你还可以有另一种态度，就是平静地面对。是否碰上倒霉事，这是你支配不了的，做不做倒霉蛋，这是你可以支配的。一个自爱自尊的人是不会怨天尤人的，没有人能够真正伤害他的自足的心。

知道自己要什么

1. 知道自己要什么

一个人在世上生活，必须知道自己到底要什么。一是应该要什么，人生中什么是重要的、宝贵的、真正值得争取的。这就是正确的价值观。二是能够要什么，自己的兴趣和能力在什么地方，做什么事最适合自己的性情和禀赋。这就是准确的自我认识。有了这两条，内心就会宁静，行动就会从容。相反，一个不知道自己到底要什么的人，必定永远焦躁和拧巴，他东抓一把，西抓一把，到头来仍不满意，怎么会满意呢，因为他根本不知道什么能让自己满意。

一个人越是知道自己不要什么，他就越有把握找到自己真正要的东西。

2. 至少知道自己不要什么

在人生的旅途中，一个人应该知道自己到底要什么，什么是自己最想做也最能够做好的事情。也就是说，应该知道自己的志向和事业之所在。不过，在年轻的时候，我们对此往往是不清楚的，这是一个逐渐清晰起来的过程。我想强调的是，你可能暂时不知道自己到底要什么，但是，你至少必须知道自己不要什么。人世间充满诱惑，它们都在干扰你走向自己的目标，你必须懂得抵御和排除。事实上，一个人越是知道自己不要什么，他就越有把握找到自己真正要的东西。

3. 价值观并不抽象

一个人拥有自己明确的、坚定的价值观，这是一个基本要求。当然，这需要阅历和思考，并且始终是一个动态的过程。价值观完全不是抽象的东西，当你从自己所追求和珍惜的价值中获得巨大的幸福感之时，你就知道你是对的，因而不会觉得坚持是难事。

4. 心态取决于价值观

人能否有好的心态，在很大程度上取决于价值观。一个价值观正确而且坚定的人，他知道人生中什么是重要的，什么是不重要的，对重要的看得准、抓得住，对不重要的看得开、放得下，大事有主见，小事能超脱，心态自然会好。相反，倘若价值观错误或动摇，大小事都纠结，心态怎么好得了。

5. 人可以支配价值观

价值观决定一个人的人生之路的走向。人可以支配自己的价值观，因而在相当程度上可以支配自己的人生之路的走向。在这个意义上，人是自由的。有了正确、清晰、坚定的价值观，不论世事多么复杂，道路多么曲折，你心里是踏实的。放弃对价值观的主动权，在价值观上随大溜，是对你的人生的最大的不负责任。

国家和民族同样如此，价值观决定了国家和民族的发展方向。价值观的博弈绝非小事，国家和民族的命运取决于何种价值观成为核心价值观。所谓核心价值观不是口号，一种价值观真正成为体制的灵魂和社会的共识，才可称作核心价值观。

6. 剥夺不了的自主权

不论社会环境怎样，个人在价值观上总能拥有相当的自主权。不论在多么平庸的时代，仍会有优秀的个体。不论在多么专制的社会，仍会有自由的灵魂。一个人体验人性之美和品尝做人幸福的权利，是任何力量也剥夺不了的。

7. 取舍的标准

你有一个生命和一个灵魂，它们是你带到这个世界上来的全部家底，也是此生此世唯独属于你的宝贵财产。所以，照看好生命和灵魂，让它们有一个好的状态，是你的基本责任。对于外部世界的一切，包括做事和交友，你都要依据是助益还是损害二者的状态来判断其价值，从而决定取舍。

8. 照看好你的生命

你真正爱你的生命，就要照看好它，让它有一个好的状态。一个人太看重外在的功利，就会顾不上照看自己的生命，对它的状态忽略乃至麻木。生命不应该是用来获取别的东西的手段，它本身就是目的，你所做的一切，其价值归根结底要根据对你的生命状态的作用之好坏来评判。

9. 对自己的人生负责

茫茫宇宙间，每个人都只有一次生命，都是一个独一无二、不可重复的存在。名声、财产、地位等都是身外之物，人人可求而得之，但是没有人能够代替你再活一次。意识到了这一点，你就会明白，在如何活的问题上，你必须自己做主，盲从舆论和习俗是最大的不负责任。在人世间的一切责任中，最根本的责任是对你自己的人生负责，真正成为你自己，活出你独特的个性和价值来。

10. 长期目标和短期目标

在为人生制定目标时，有长期和短期之分。长期目标着眼于人生整体价值的实现，是根据自己的志趣和禀赋确定的一个努力方向，是寄托了自己理想的某一类事业。短期目标则是根据实际情形确定要做的具体工作，它理应体现长期目标，是走向长期目标的一个步骤和环节。有时候，因为客观情势的限制，你可能不得已偏离了这个方向，但你不要忘记你的长期目标，你要积聚能量，随时准备回到自己的路上来。

11. 不怕付出代价

我主张真性情，有人说，你成功了，当然可以这样，我们这样就会很惨。我心想：我也惨过的，但是，不怕付出代价，乃是真性情之必然，因为你别无选择。倘若患得患失，谈什么真性情？

我的选择常常是老天给我的秉性在说话，而不是权衡利弊的结果。

12. 生存压力和精神目标

现在的年轻人面临着巨大的生存压力，我不主张清高，生存问题不解决，是清高不下去的。但是，内心一定要清醒，要有自己的精神目标，有和没有是大不一样的。有精神目标的人，他在解决生存问题时即能保持一种内心的力量，不致被贫困压倒，也不致被诱惑败坏，而当他基本解决了生存问题之后，就能及时地走上自己的人生追求之路，不再是为谋生而工作，而是真正拥有自己的事业。

坦然面对人性

1

对于自己的经历应该采取这样的态度：一是尽可能地诚实，正视自己的任何经历，尤其是不愉快的经历，把经历当作人生的宝贵财富；二是尽可能地超脱，从自己的经历中跳出来，站在一个比较高的位置上看它们，把经历当作认识人性的标本。

2

我相信，无论谁肯用一种既诚实又超脱的眼光看自己，他的眼光就会变得既深刻又宽容，在这样的眼光下，一切外部经历都可以转化成心灵的财富，一切隐私都可以还原成普遍的人性现象。

3

凡真实的人性都不是罪恶，若看成罪恶，必是用了社会偏见的眼光。

4

每个人身上都藏着人性的秘密，都可以通过认识自己来认识人性。事实上，自古至今，一切伟大的人性认识者都是真诚的反省者，他们无情地把自己当作标本，借之反而对人性有了深刻而同情的理解。

5

人皆有弱点，有弱点才是真实的人性。那种自己认为没有弱点的人，一定是浅薄的人。那种众人认为没有弱点的人，多半是虚伪的人。

人生皆有缺憾，有缺憾才是真实的人生。那种看不见人生缺憾的人，或者是幼稚的，或者是麻木的，或者是自欺的。

正是在弱点和缺憾中，在对弱点的宽容和对缺憾的接受中，人幸福地生活着。

6

在伟人的生平中，最能打动我的不是他们的丰功伟绩，而是那些显露了他们真实人性的时刻。其实普通人也一样，人人在生活中都有这样的时刻，而这样的时刻都是动人的。这使我相信，任何人只要愿意如实地叙述自己人生中刻骨铭心的遭遇和感受，就都可以写出一部精彩的自传，其价值远远超过那种仅仅罗列丰功伟绩的名人传记。

7

天赋、才能、眼光、魄力，这一切都还不是伟大，必须加上真实，才成其伟大。真实是一切伟人的共同特征，它源自对人性的真切了解，并由此产生一种面对自己、面对他人的诚实和坦然。

精神上的伟人必定是坦诚的，他们足够富有，无须隐瞒自己的欠缺，也足够自尊，不屑于用作秀、演戏、不懂装懂来贬低自己。

8

问：“您在自己写的书中也好，在接受采访时也好，对于自己的经历都非常坦诚。怎么能做到这一点的？”

答：“我想不出不坦诚的理由。如果对人性有足够的了解，人人都可以做到坦诚。”

9

蒙田教会我坦然面对人性的平凡，尼采教会我坦然面对人性的复杂。

10

性格在很大程度上是天生的。既然是天生的，就谈不上好坏，好坏是后天运用的结果。因此，人不应该致力于改变自己的性格，事实上也做不到，所应该和能够做的是顺应它，因势利导，扬长避短，使它产生好的结果。

11

一个人不应该致力于改变自己的性格，最好的办法是扬长避短，把长处发扬到极致，短处就不足为害了。

事实上，在相同性格类型的人里面，都既有成大事者，也有一事无成者，原因多半在此。

12

要做自己的性格的主人，不要做自己的性格的奴隶。一个人做了自己的性格的主人，也就是尽可能地做了自己的命运的主人。

一个人的性格的所谓优点和缺点是紧密相连的，是一枚钱币的两面，消除了其中一面，另一面也就不存在了。所以，在享受性格之利的同时，承受性格之弊，乃是题中应有之义，只须把这个弊限制在适当的范围内就可以了。

如何限制？就是发扬性格本身的长处，抑制短处。真正力量就在于此。

13

人的基本性格是难以改变的，也不必刻意改变。性格本身无所谓好坏，关键在于正确地使用，使之产生好的结果。比如说，我不善社交，也就不去社交场折腾了，反倒为自己赢得了宁静的心境和独处的时间。

亲疏随缘

曾有人问我如何处理人际关系，我的回答是：尊重他人，亲疏随缘。这个回答基本上概括了我对待友谊的态度。

人在世上是不能没有朋友的。不论天才，还是普通人，没有朋友都会感到孤单和不幸。事实上，绝大多数人也都会有自己的或大或小的朋友圈子。如果一个人活了一辈子连一个朋友也没有，那么，他很可能怪僻得离谱，使得人人只好敬而远之，或者坏得离谱，以至于人人侧目。

不过，一个人又不可能有许多朋友。所谓朋友遍天下，不是一种诗意的夸张，便是一种浅薄的自负。热衷于社交的人往往自诩朋

人与人之间关系的亲疏，并不是由愿望决定的，
而是由有关的人各自的心性及其契合程度决定的。

友众多，其实他们心里明白，社交场上的主宰决不是友谊，而是时尚、利益或无聊。真正的友谊是不喧嚣的。根据我的经验，真正的好朋友也不像社交健儿那样频繁相聚。在一切人际关系中，互相尊重是第一美德，而必要的距离又是任何一种尊重的前提。使一种交往具有价值的不是交往本身，而是交往者各自的价值。在交往中，每个人所能给予对方的东西，决不可能超出他自己所拥有的。他在对方身上能够看到些什么，大致也取决于他自己拥有些什么。高质量的友谊总是发生在两个优秀的独立人格之间，它的实质是双方互相由衷地欣赏和尊敬。因此，重要的是使自己真正有价值，配得上做一个高质量的朋友，这是一个人能够为友谊所做的首要贡献。

我相信，一切好的友谊都是自然而然形成的，不是刻意求得的。我们身上都有一种直觉，当我们初次与人相识时，只要一开始谈话，就很快能够感觉到彼此是否相投。当两个人的心性非常接近时，或者非常远离时，我们的本能下判断最快，立刻会感到默契或抵牾。对于那些中间状态，我们也许要稍费斟酌，斟酌的快慢是和它们偏向某一端的程度成比例的。这就说明，两个人能否成为朋友，基本上是一件在他们开始交往之前就决定了的事情。也就是说，人与人之间关系的亲疏，并不是由愿望决定的，而是由有关的人各自的心性及其契合程度决定的。愿望也应该出自心性的认同，超出于此，我们就有理由怀疑那是别有用心，多半有利益方面的动机。利益之交也无可厚非，但双方应该心里明白，最好还是摆到桌面上讲明白，千万不要顶着友谊的名义。凡是顶着友谊名义的利益之交，最后没有不破裂的，到头来还互相指责对方不够朋友，为友谊的脆弱大表义愤。其实，关友谊什么事呢，所谓友谊一开始就是假的，不过是利益的面具和工具罢了。今天的人们给了它一个恰当的名称，叫感情投资，这就比较诚实了，我希望人们更诚实一步，在投资时把自己的利润指标也通知被投资方。

当然，不能排除一种情况：开始时友谊是真的，只是到了后来，面对利益的引诱，一方对另一方做了不义的事，导致友谊破裂。在今日的商业社会中，这种情况也是司空见惯的。我不想去分析那行不义的一方的人品究竟是本来如此，现在暴露了，还是现在才变坏的，因为这种分析过于复杂。我想说的是，面对这种情况，我们应取的态度也是亲疏随缘，不要企图去挽救什么，更不要陷在已经不存在的昔日友谊中，感到愤愤不平，好像受了天大的委屈。应该知道，一个人的人品是天性和环境的产物，这两者都不是你能够左右的，你只能把它们的产物作为既定事实接受下来。跳出个人的恩怨，做一个认识者，借自己的遭遇认识人生和社会，你就会获得平静的心情。

自己身上的快乐源泉

古希腊哲学家都主张，快乐主要不是来自外物，而是来自人自身。苏格拉底说：享受不是从市场上买来的，而是从自己的心灵中获得的。德谟克利特说：一个人必须习惯于反身自求快乐的源泉。亚里士多德说：沉思的快乐不依赖于外部条件，是最高的快乐。连号称“享乐主义祖师爷”的伊壁鸠鲁也说：身体的健康和灵魂的平静是幸福的极致。

人应该在自己身上拥有快乐的源泉，它本来就存在于每个人身上，就看你是否去开掘和充实它。这就是你的心灵。当然，如同伊壁鸠鲁所说，身体的健康也是重要的快乐源泉。但是，第一，如果没有心灵的参与，健康带来的就只是动物性的快乐；第二，人对健康的自主权是有限的，潜伏的病魔防不胜防，所以这是一个不太可靠的快乐源泉。

相比之下，心灵的快乐是自足的。如果你的心灵足够丰富，即使身处最单调的环境，你仍能自得其乐。如果你的心灵足够高贵，即使遭遇最悲惨的灾难，你仍能自强不息。这是一笔任何外力都夺不走的财富，是孟子所说的“人之安宅”，你可以借之安身立命。

由此可见，人们为了得到快乐，热衷于追求金钱、地位、名声等身外之物，无暇为丰富和提升自己的心灵做一些事，是怎样地南辕北辙啊。

第六章

灵魂只能独行

灵魂的行走只有一个目标，就是寻找上帝。

灵魂之所以只能独行，是因为每一个人只有自己寻找，才能找到他的上帝。

人的高贵在于灵魂

法国思想家帕斯卡尔有一句名言："人是一支有思想的芦苇。"他的意思是说，人的生命像芦苇一样脆弱，宇宙间任何东西都能置人于死地。可是，即使如此，人依然比宇宙间任何东西高贵得多，因为人有一个能思想的灵魂。我们当然不能也不该否认肉身生活的必要，但是，人的高贵却在于他有灵魂生活。作为肉身的人，并无高低贵贱之分。唯有作为灵魂的人，由于内心世界的巨大差异，才分出了高贵和平庸，乃至高贵和卑鄙。

两千多年前，罗马军队攻进了希腊的一座城市，他们发现一个老人正蹲在沙地上专心研究一个图形。他就是古代最著名的物理学家阿基米德。他很快便死在了罗马军人的剑下，当剑朝他劈来时，他只说了一句话："不要踩坏我的圆！"在他看来，他画在地上的那个图形是比他的生命更加宝贵的。更早的时候，征服了欧亚大陆的亚历山大大帝视察希腊的另一座城市，遇到正躺在地上晒太阳的哲学家第欧根尼，便问他："我能替你做些什么？"得到的回答是："不要挡住我的阳光！"在他看来，面对他在阳光下的沉思，亚历山大大帝的赫赫战功显得无足轻重。这两则传为千古美谈的小故事表明了古希腊优秀人物对于灵魂生活的珍爱，他们爱思想胜于爱一切包括自己的生命，把灵魂生活看得比任何外在的事物包括显赫的权势更加高贵。

珍惜内在的精神财富甚于外在的物质财富，这是古往今来一切贤哲的共同特点。英国作家王尔德到美国旅行，入境时，海关官员问他有什么东西要报关，他回答："除了我的才华，什么也没有。"使他引以自豪的是，他没有什么值钱的东西，但他拥有不能用钱来估量的艺术才华。正是这位骄傲的作家在他的一部作品中告诉我们："世间再没有比人的灵魂更宝贵的东西，任何东西都不能跟它相比。"

其实，无须举这些名人的事例，我们不妨稍微留心观察周围的现象。我常常发现，在平庸的背景下，哪怕是一点不起眼的灵魂生活的迹象，也会闪放出一种很动人的光彩。

有一回，我乘车旅行。列车飞驰，车厢里闹哄哄的，旅客们在聊天、打牌、吃零食。一个少女躲在车厢的一角，全神贯注地读着一本书。

她读得那么专心，还不时地往随身携带的一个小本子上记些什么，好像完全没有听见周围嘈杂的人声。望着她仿佛沐浴在一片光辉中的安静的侧影，我心中充满感动，想起了自己的少年时代。那时候我也和她一样，不管置身于多么混乱的环境，只要拿起一本好书，就会忘记一切。如今我自己已经是一个作家，出过好几本书了，可是我却羡慕这个埋头读书的少女，无限缅怀已经渐渐远逝的有着同样纯正追求的我的青春岁月。

每当北京举办世界名画展览时，便有许多默默无闻的青年画家节衣缩食，自筹旅费，从全国各地风尘仆仆来到首都，在名画前流连忘返。我站在展厅里，望着这一张张热忱仰望的年轻的面孔，心中也会充满感动。我对自己说：有着纯正追求的青春岁月的确是人生最美好的岁月。

若干年过去了，我还会常常不由自主地想起列车上的那个少女和展厅里的那些青年，揣摩他们现在的境况。据我观察，人在年轻时多半是富于理想的，随着年龄增长就容易变得越来越实际。由于生存斗争的压力和物质利益的诱惑，大家都把眼光和精力投向外部世界，不再关注自己的内心世界。其结果是灵魂日益萎缩和空虚，只剩下了一个在世界上忙碌不止的躯体。对于一个人来说，没有比这更可悲的事情了。我暗暗祝愿他们仍然保持着纯正的追求，没有走上这条可悲的路。

自由的灵魂

在中国文坛上，一个声音突然响起，令人耳目一新，仅仅三年，又猝然中止了。不管人们是否喜欢这个声音，都不难听出它的独特，以至于会觉得它好像并不属于中国文坛。事实上，王小波之于中国文坛，也恰似一位游侠，独往独来，无派无门，尽管身手不凡，却难寻其师承渊源。

我与王小波并不相识，甚至读他的作品也不多。直到他去世后，我才知道他其实是一个很勤奋、很多产的作家。然而，即使我读过的他的作品不多，也足以使我对这位风格与我迥异的作家怀有一种特别的敬意了。他的文章写得恣肆随意，非常自由，常常还满口谐谑，通篇调侃，一副顽皮相。如今调侃文字并不罕见，难得的是调侃中有一种内在的严肃，鄙俗中有一种纯正的教养，这正是我读他的作品的印象。

在读者中，王小波有“怪才”“歪才”之称。我倒觉得，他的“怪”正是因为他太健康，他的“歪”正是因为他太诚实。因为健康，他对生活有一种正常的感觉，因为诚实，他又要把自己的感觉说出来。他很像《皇帝的新衣》里的那个小孩，别人也看见皇帝光着身子，但宁愿相信皇帝的伟大，不愿相信自己的眼睛，他却不但相信自己的眼睛，而且把自己所看到的如实说了出来。在皇帝巡游的庄严场合，这种举止是有些“怪”而且“歪”的。譬如他的一部小说写性，我认为至少在中国当代小说中是写得最好的，对性有一种非常健康和诚实的态度，并且使读者也感到性是一件健康的、可以诚实地对待的事情。他没有像某些作者那样把性展示为一种抒情造型，或一种色情表演，这两者都会让我们感到肉麻。不过我想，如果他肉麻一些，就不会有人说他“怪”而且“歪”了。

乍看起来，王小波好像有些玩世不恭，他喜欢挖苦各种事、各种现象。但是，他肯定不是一个虚无主义者，骨子里也许是很老派的，在捍卫一些相当传统的价值。他不遗余力抨击的是愚昧和专制，可见他是站在启蒙的立场上，怀抱的仍是“五四”先辈的科学和民主的信念。不过，这仍然是表面现象。他也不是一个科学主义者和民主主义者，他之捍卫科学和民主，并不是因为科学和民主有自足的价值。在他心目中，世上只有一样东西具有自足的价值，那就是智慧。他所说的智慧，实际上是指一种从事自由思考并且享受其乐趣的能力。这就透露了他的理性立场背后蕴含着的人文关切，他真正捍卫的是个人的精神自由。所以，倘若科学成为功利，民主成为教条，他同样会感到智慧受辱，并起而反对。我相信这种对智慧的热爱源于一种健康的精神本能，由此本能导引而能强烈地感受灵魂自由的快乐和此种自由被剥夺的痛苦。“文化大革命”中后一种经验烙印至深,使他至今对一切可能侵害个人精神自由的倾向极为警惕。正因为此，他相当无情地嘲笑了“人文精神”和“新儒学”鼓吹者们的救世奢望。

王小波在表达自己的观点时常常是旗帜鲜明的，有时似乎是相当极端的。我不能说他没有偏见，他自己大约也不这样认为，他的基本主张不是反对一切偏见,而是反对任何一种哪怕是真理的意见，自命唯一的真理，企图一统天下。他真正不肯宽容的是那种定天下于一尊的不宽容立场。他也很厌恶诸如虚伪、做作、奴气之类的现象，我想这在一个崇尚精神自由的人是很自然的,因为在这样的人看来，凡此种种都是和自己过不去，自己剥夺自己的精神自由。一个精神上真正自由的人当然是没有必要用这些手段掩饰自己或讨好别人的。我在王小波的文章中未尝发现过狂妄自大，而这正是一般好走极端的人最易犯的毛病，这证实了我的一个直觉：他实际上不是一个走极端的人,相反是一个对己对人都懂得把握住分寸的人。他不乏激情，但一种平常心的智慧和一种罗素式的文明教养在有效地调节着他的激情。

正值创作鼎盛时期的王小波突然撒手人寰，人们为他的早逝悲哀,更为文坛的损失惋惜。最令我难过的却是世上智慧的人本来不多，现在又少了一个，这是比文坛可能遭受的损失更使我感到可惜的。是的，王小波是智慧的，他拥有他最看重的这种品质。在悼念他的时候，我能献上的赞美不过如此，但愿顽皮的他肯笑纳，而不把这归入他一向反感的浪漫夸张。

精神生活的哲学

1

奥伊肯（Rudolf Eucken，1846—1926）是一位活跃于前一个世纪之交的德国哲学家，生命哲学思潮的代表人物之一。在《生活的意义与价值》（1908）这本小册子里，他对自己所建立的精神生活的哲学做了通俗扼要的解说。早在1920年，这本书已有上海中华书局印行的余家菊的译本。现在，上海译文出版社又出版了万以的译本。奥伊肯的文风虽不艰涩却略嫌枯燥，读时不由得奇怪他何以能够获得1908年的诺贝尔文学奖。从他和柏格森的获奖，倒是可以遥想当

灵魂的故乡在非常遥远的地方，只要生命不止，

它就永远在思念、在渴望，永远走在回乡的途中。

年生命哲学的风行。今日又临世纪之交，生命哲学早已偃旗息鼓，但我觉得奥伊肯对精神生活问题的思考并没有过时。

奥伊肯和尼采是同时代人，他比尼采晚出生两年，一度还同在巴塞尔大学任教，不过他比尼采多活了许多年。他们所面对的和所想救治的是相同的时代疾患，即在基督教信仰崩溃和物质主义盛行背景下的生活意义的丧失。他们也都试图通过高扬人的精神性的内在生命力，来为人类寻找一条摆脱困境的出路。他们的区别也许在于对这种内在生命力的根源的哲学解释，尼采归结为权力意志，奥伊肯则诉诸某种宇宙生命，对于传统形而上学的叛离有着程度上的不同。

处在自己的时代，奥伊肯最感忧虑的是物质成果与心灵要求之间的尖锐矛盾。他指出，人们过分专一地投身于劳作，其结果会使我们赢得了世界却失去了心灵。“现实主义文化”一方面只关心生活的外部状态，忽视内心生活，另一方面又把人封闭在狭隘的世俗范围内，与广阔的宇宙生活相隔绝，从而使现代人陷入了“社会生存情绪激奋而精神贫乏的疯狂旋涡”。然而，奥伊肯不是一个悲观主义者，他既不像叔本华那样得出了厌世的结论，也不像尼采那样把希望寄托在虚无缥缈的“超人”身上。他预言解决的希望就在现代人身上，其根据是：在精神的问题上，任何否定和不满的背后都有着一种肯定和追求。“人的缺陷感本身岂不正是人的伟大的一个证明？”我们普遍对生活意义之缺失感到困惑和不安，这个事实恰好证明了在我们的本性深处有一种寻求意义的内在冲动。既然一切可能的外部生活都不能令我们满足，那就必定是由于我们的生活具有从直接环境所无法达到的深度。因此，现代人的不安超出了以往时代，反倒表明了现代人对精神生活有着更高的要求。

2

奥伊肯所要解决的问题是：如何为现代人找回失落的生活意义？他的解决方法并非直接告诉我们这一意义在何处，而是追问我们为何会感到失落。我们比任何时代的人都更加繁忙，也享受着比任何时代更加丰裕的物质，却仍然感到失落，那就证明我们身上有着一种东西，它独立于我们的身体及其外在的活动，是它在寻求、体验和评价生活的意义，也是它在感到失落或者充实。这个东西就是我们内在的精神生命，也就是通常所说的灵魂。

在我们身上存在着一种内在的独立的精神生命，这是奥伊肯得出的最重要的结论，他对生活意义问题的全部解决都建立在这个论点的基础之上。既然这种内在的精神生命是独立于我们的外在生活的，不能用我们的外在生活来解释它，那么，它就必定别有来源。奥伊肯的解释是，它来自宇宙的精神生命，是宇宙生命在人身上的显现。所以，它既是内在的，是“我们真正的自我”，“我们生活最内在的本质”，又是超越的，是“普遍的超自然的生命”。因此，我们内在的精神生活是人和世界相统一的基础，是人性和世界本质的同时实现。

我们当然可以责备奥伊肯在这里犯了逻辑跳跃的错误，从自身的某种精神渴望推断出了一种宇宙精神实体的存在。但是，我宁可把这看作他对一种信念的表述，而对于一个推崇精神生活的价值的人来说，这种信念似乎是必不可少的。如果我们甘心承认人只是茫茫宇宙间的偶然产物，我们所追求的一切精神价值也只是水中月、镜中花，是没有根基的空中楼阁，转瞬即逝的昙花一现，那么，我们的精神追求便只能是虚幻而徒劳的了。尼采和加缪也许会说，这种悲剧性的徒劳正体现了人的伟大。但是，即使一位孤军奋战的悲剧英雄，他也需要在想象中相信自己是在为某种整体而战。凡精神性的追求，必隐含着一种超越的信念，也就是说，必假定了某种绝对价值的存在。而所谓绝对价值，既然是超越于一切浮世表象的，其根据就只能是不随现象界生灭的某种永存的精神实在。现代的西西弗斯可以不相信柏拉图的理念、基督教的上帝或者奥伊肯的宇宙生命，然而，只要他相信自己推巨石上山的苦役具有一种精神意义，借此而忍受了巨石重新滚下山的世俗结果，则他就已经是在向他心中的上帝祈祷了。无论哪位反对形而上学的现代哲学家，只要他仍然肯定精神生活的独立价值，他就不可能彻底告别形而上学。

3

奥伊肯对于基督教的现状并不满意，但他高度赞扬广义的宗教对于人类的教化作用。他认为，正是宗教向我们启示了一个独立的内心世界，坚持了动机纯洁性本身的绝对价值，给生活注入了一种高尚的严肃性，给了心灵一种真正的精神历史。在奥伊肯看来，宗教本身的重要性是超出一切宗教的差异的，其实质是“承认一种独立的精神力量存在于内心中，推动这种精神性发展的动力归根结底来自大全，并分有了大全的永恒活力”。

事实上，不但宗教，而且人类精神活动的一切领域，包括道德、艺术、科学，只要它们确实是一种精神性的活动，就都是以承认作为整体的精神生活的存在为前提的，并且是这个整体的某种体现。如果没有这个整体在背后支持，作为它们的源泉和根据，它们就会丧失其精神内容，沦为世俗利益的工具。在此意义上，一种广义的宗教精神乃是人类一切精神活动的基本背景。也就是说，凡是把宗教、道德、艺术、科学真正当作精神事业和人生使命的人，必定对于精神生活的独立价值怀有坚定的信念。在精神生活的层次上，不存在学科的划分，真、善、美原是一体，一切努力都体现了同一种永恒的追求。

也正是从这种广义的宗教精神出发，我们就不会觉得自己的任何精神努力是徒劳的了。诚然，在现实世界中，我们的精神目标的实现始终是极其有限的。但是，由于我们对作为整体的精神生活怀有信念，我们就有了更广阔的参照系。我们身处的世界并不是整个实在，而只是它的一个部分，因此，在衡量一种精神努力的价值时，主要的标准不是眼前的效果，而是与整个实在的关系。正如奥伊肯所说的："倘若我们整个尘世的存在只是一个更大的序列的一个片段，那么指望它会澄清一切疑团便很不智，而且仍然会有许多在我们看来毫无意义的可能性，在更广大的范围内却能够得到理解。"我们当然永远不可能证明所谓大全的精神性质，但我们必须相信它，必须相信世上仍有神圣存在，这种信念将使我们的人生具有意义。而且我相信，倘若怀有这个信念的人多了，人性必能进步，世风必能改善。如果产生了这样的结果，信念的作用便实现了，至于茫茫宇宙中究竟有没有一个精神性的大全，又有什么要紧呢？

4

精神生活既是个人的最内在的本质，又是宇宙生命的显现，那么，我们每个人是否就自然而然地拥有了精神生活呢？奥伊肯对此做出了否定的回答。他指出，精神生活并不是一种自然延续的进化，或一种可以遗传的本能，也不是一种能够从日常经验的活动中获得的东西。可以说，正因为它极其内在而深刻，我们就必须去唤醒它。人类精神追求的漫长历史乃是宇宙生命显现的轨迹，然而，对于每一个个体来说，它一开始是外在的。“从精神上考虑，过去的收获及其对现在的贡献无非是些可能性，它们的实现有待于我们自己的决定和首创精神。”每一个个体必须穷其毕生的努力，才能“重新占有”精神生活，从而获得一种精神个性。奥伊肯的结论是：“精神的实现决不是我们的自然禀赋；我们必须去赢得它，而它允许被我们赢得。”

在我看来，这些论述乃是奥伊肯的这本小册子里的最精彩段落。在一个信仰失落和心灵不安的时代，他没有向世人推销一种救世良策，而是鼓励人们自救。的确，就最深层的精神生活而言，时代的区别并不重要。无论在什么时代，每一个个体都必须并且能够独自面对他自己的上帝，靠自己获得他的精神个性。对于他来说，重新占有精神生活的过程也就是赋予生活以意义的过程。于是，生活的意义和价值何在这一问题的答案便有了着落。

奥伊肯把每一代人对精神生活的实现称作一场“革命”，并且呼吁现代人也进行自己的这场革命。事实上，无论个人，还是某一代人，是否赢得自己的精神生活，确实会使他们生活在完全不同的世界里。一个赢得了精神生活的人，他虽然也生活在“即刻的现在”，但他同时还拥有“永恒的现在”，即那个“包含一切时代、包含人类一切有永恒价值的成就在内的现在”，他的生活与人类精神生活历史乃至宇宙生命有着内在的联系，他因此而有了一种高屋建瓴的立场，一种恒久的生活准则。相反，那些仅仅生活在“即刻的现在”

的人就只能随波逐流，得过且过，盲目地度过自己的一生。

在实际生活中，有无精神生活之巨大差别会到处显现出来，我从奥伊肯的书中再举一例。人们常说，挫折和不幸能够提高人的精神。然而，奥伊肯指出，挫折和不幸本身并不具有这种优点。实际的情形是，许多缺乏内在的精神活力的人被挫折和不幸击倒了。唯有在已经拥有精神活力的人身上，苦难才能进一步激发此种活力，从而带来精神上的收获。

灵魂是一个游子

如果你吃了一顿美餐，你会感到快乐。是什么东西在快乐呢？当然，是你的身体。如果你读了一本好书，听了一支优美的乐曲，看到了一片美丽的风景，你也会感到快乐。是什么东西在快乐呢？显然不是身体了，你只好说，是你的心灵、灵魂感到了快乐。

你犯了胃痛，你摔了一跤，你被虫子蜇了一口，你的身体会受疼痛的折磨。可是，当你失恋了，你的亲人去世了，你想到了自己有一天会死，或者你遭到了不义的事情，是你的哪一部分在痛苦呢？当然，又是灵魂。

看起来，人有一个身体，又有一个灵魂，它们是很不同的东西。

有些哲学家否认人有灵魂，他们把灵魂说成是肉体的一种功能。可是，如果没有灵魂，我们怎么解释上述种种精神性质的快乐和痛苦的根源呢？

灵魂是看不见、摸不着的，它不像眼睛、耳朵、四肢、胃、心脏、大脑那样是人体的一个器官。但是，根据人有着不同于肉身生活的精神生活，我们可以相信它是存在的。其实，所谓灵魂，也就是承载我们的精神生活的一个内在空间罢了。人的肉身是很实际的，它要生存，为了生存便要求温饱，为了生存得更好还要到社会上去奋斗，去获取名利地位。人的灵魂就不那么实际了，它追求的是理想，是诸如真、善、美、信仰、思想、艺术之类的精神价值。我们把这种对理想和精神价值的追求称作精神生活。如果一个人只知道吃睡和赚钱，完全没有精神生活，我们就会嘲笑他没有灵魂，认为他与动物没有多大区别。

灵魂好像永远不会满足于现状，它总是在追求一种完美的境界。这种对理想境界的渴望从何而来？当我们看到美的形象，听到美的音乐，我们的灵魂为何会感动和陶醉？一个未被污染的淳朴的灵魂似乎自然而然地就喜欢美善的东西，讨厌丑恶的东西，它是怎么会具备这样的特性的？古希腊最伟大的哲学家柏拉图对此提出了一种解释。他推测，灵魂必定曾经在一个理想的世界里生活过，见识过完美无缺的美和善，所以，当它投胎到肉体中以后，现实世界里的未必完善的美和善的东西会使它朦胧地回忆起那个理想世界，这既使它激动和快乐，又使它不满足而向往完善的美和善。他还由此得出进一步的结论：灵魂和肉体有着完全不同的来源，肉体会死亡，而灵魂是不朽的。他的这个解释受到了后世许多哲学家的批评，被指责为神秘主义。使我感到奇怪的是，人们怎么没有听出柏拉图是在讲一个寓言呢？他其实是想说，人的灵魂渴望向上，就像游子渴望回到故乡一样。灵魂的故乡在非常遥远的地方，只要生命不止，它就永远在思念、在渴望，永远走在回乡的途中。至于这故乡究竟在哪里，却是一个永恒的谜。我们只好用寓言的方式说，那是一个像天堂一样美好的地方。我们岂不是在同样的意义上说，灵魂是我们身上的神性，当我们享受灵魂的愉悦时，我们离动物最远而离神最近？

信仰之光

信仰，就是相信人生中有一种东西，它比一己的生命重要得多，甚至是人生中最重要的东西，值得为之活着，必要时也值得为之献身。这种东西必定是高于我们的日常生活的，像日月星辰一样在我们头顶照耀，我们相信它并且仰望它，所以称作信仰。但是，它又不像日月星辰那样可以用眼睛看见，而只是我们心中的一种观念，所以又称作信念。

提起信仰，人们常常会想到宗教，例如基督教、佛教、伊斯兰教，等等。在人类历史上，在现实生活中，宗教信仰的确是信仰最常见的一种形态。不过，两者不完全是一回事。事实上，做一个教徒不

幸福不是零碎和表面的情绪，而是灵魂的愉悦。

等于就有了信仰，而有信仰的人也未必信奉某一宗教。

有一回，我到佛教圣地普陀山旅游。在山上一座大庙里，和尚们正为一个施主做法事，中间休息，一个小和尚走来与我攀谈。我问他：“做法事很累吧？”他随口答道：“是呵，挣钱真不容易！”一句话表明了他并不真信佛教，皈依佛门只是谋生的手段。这个小和尚毕竟直率得可爱。如今，天下寺庙，处处香火鼎盛，可是你若能听见那些烧香拜佛的人许的愿，就会知道，他们几乎都是在向佛索求非常具体的利益，没有几人是真有信仰的。

在同一次旅程中，我还遇见另一个小和尚。当时，我正乘船航行。船舱里异常闷热，乘客们纷纷挤到舱内唯一的自来水管旁洗脸。他手拿毛巾，静静等候在一旁。终于轮到他了，又有一名乘客夺步上前，把他挤开。他面无愠色，退到旁边，礼貌地以手示意：“请，请。”我目睹了这一幕，心中肃然起敬，相信眼前这个身披青灰色袈裟的年轻僧人是真正有信仰的人。后来，通过交谈，这一直觉得到了证实，我发现他谈吐不俗，对佛理和人生有很深的领悟。

其实，真正有信仰不在于相信佛、上帝、真主或别的什么神，而在于相信人生应该有崇高的追求，有超出世俗的理想目标。如果说宗教真的有一种价值，那也仅仅在于为这种追求提供了一种容易普及的方式。但是，一普及就容易流于表面的形式，反而削弱甚至丧失了追求的精神内涵。所以，真正看重信仰的人决不盲目相信某一种流行的宗教或别的什么思想，而是通过独立思考来寻求和确立自己的信仰。两千四百年前，苏格拉底就是被雅典民众以不信神的罪名处死的。他的确不信神，但他有自己的坚定信仰，他的信仰就是：人生的价值在于爱智慧，用理性省察生活尤其是道德生活。在审判时，法庭允许免他一死，前提是他必须放弃信奉和宣传这一信仰，被他拒绝了。他说，未经省察的人生不值得一过，活着不如死去。他为自己的信仰献出了宝贵的生命。

信仰是内心的光，它照亮了一个人的人生之路。没有信仰的人犹如在黑暗中行路，不辨方向，没有目标，随波逐流，活一辈子也只是浑浑噩噩。当然，一个人要真正确立起自己的信仰，这不是一件容易的事，不但需要独立思考，而且需要相当的阅历和比较。在漫长的人生道路上，改变信仰的事情也是经常发生的，不足为怪。在我看来，在信仰的问题上，真正重要的是要有真诚的态度。所谓真诚，第一就是要认真，既不是无所谓，可有可无，也不是随大溜，盲目相信；第二就是要诚实，决不自欺欺人。有了这种真诚的态度，即使你没有找到一种明确的思想形态作为你的信仰，你也可以算作一个有信仰的人了，因为你至少是在信仰着一种有真诚追求的人生境界。事实上，在一个普遍丧失甚至嘲侮信仰的时代，也许唯有在这些真诚的寻求者和迷惘者中才能找到真正有信仰的人呢。

幸福是灵魂的事

在世上一切东西中，好像只有幸福是人人都想要的东西。你去问人们，想不想结婚、生孩子，或者想不想上大学、经商、出国，肯定会得到不同的回答。可是，如果你问想不想幸福，大约没有人会拒绝。而且，之所以有些人不想生孩子或经商等，原因正在于他们认为这些东西并不能使他们幸福，想要这些东西的人则认为它们能够带来幸福，或至少是获得幸福的手段之一。也就是说，在相异的选择背后似乎藏着相同的动机，即都是为了幸福。而这同时也表明，人们对幸福的理解有多么不同。

幸福的确是一个极含糊的概念。人们往往把得到自己最想要的东西、实现自己最衷心的愿望称作幸福。然而，愿望不仅是因人而异的，而且同一个人的愿望也会发生变化。真的实现了愿望，得到了想要的东西，是否幸福也还难说，这要看它们是否确实带来了内心的满足和愉悦。费尽力气争取某种东西，争到了手却发现远不如想象的好，乃是常事。幸福与主观的愿望和心情如此紧相纠缠，当然就很难给它定一个客观的标准了。

我们由此倒可以确定一点：幸福不是一种纯粹客观的状态。我们不能仅仅根据一个人的外在遭遇来断定他是否幸福。他有很多钱，有别墅、汽车和漂亮的妻子，也许令别人羡慕，可是，如果他自己不感到幸福，你就不能硬说他幸福。既然他不感到幸福，事实上他也就的确不幸福。外在的财富和遭遇仅是条件，如果不转化为内在的体验和心情，便不成其为幸福。

如此看来，幸福似乎主要是一种内心快乐的状态。不过，它不是一般的快乐，而是非常强烈和深刻的快乐，以至于我们此时此刻会由衷地觉得活着是多么有意思，人生是多么美好。正是这样，幸福的体验最直接地包含着我们对生命意义的肯定评价。感到幸福，也就是感到自己的生命意义得到了实现。不管拥有这种体验的时间多么短暂，这种体验却总是指向整个一生的，所包含的是对生命意义的总体评价。当人感受到幸福时，心中仿佛响着一个声音：“为了这个时刻，我这一生值了！”若没有这种感觉，说“幸福”就是滥用了大字眼。人身上必有一种整体的东西，是它在寻求、面对、体悟、评价整体的生命意义，我们只能把这种东西叫作灵魂。所以，幸福不是零碎和表面的情绪，而是灵魂的愉悦。正因为此，人一旦有过这种时刻和体验，便终生难忘了。

可以把人的生活分为三个部分：肉体生活，不外乎饮食男女；社会生活，包括在社会上做事以及与他人的交往；灵魂生活，即心灵对生命意义的沉思和体验。必须承认，前两个部分对于幸福也不是无关紧要的。如果不能维持正常的肉体生活，饥寒交迫，幸福未免是奢谈。在社会生活的领域内，做事成功带来的成就感，爱情和友谊的经历，都尤能使人发觉人生的意义，从而转化为幸福的体验。不过，亚里士多德认为，对于幸福来说，灵魂生活具有头等的重要性，因为其余的生活都要依赖外部条件，而它却是自足的。同时，它又是人身上最接近神的部分，从沉思中获得的快乐几乎相当于神的快乐。这意见从一个哲学家口中说出，我们很可怀疑是否带有职业偏见。但我们至少应该承认，既然一切美好的经历必须转化为内心的体验才成其为幸福，那么，内心体验的敏感和丰富与否就的确是重要的，它决定了一个人感受幸福的能力。对于内心世界不同的人来说，相同的经历具有完全不同的意义——因而事实上他们也就并不拥有相同的经历了。另外，一个习于沉思的智者，由于他透彻地思考了人生的意义和限度，便与自己的身外遭遇保持了一个距离，他的心境也就比较不易受尘世祸福沉浮的扰乱。而他从沉思和智慧中获得的快乐，也的确是任何外在的变故不能将它剥夺的。考虑到天有不测风云，你不能说一种宽阔的哲人胸怀对于幸福是不重要的。

纯真的心性

不久前收到两本书，是江苏作家周国忠寄来的他的散文集《笨拙境界》和《闲思杂集》。令我吃惊的是，作者首先是一位镇长。我知道作为农村基层长官的镇长该有多么忙碌，居然还有写作的雅兴，这是一件稀罕事。于是，我怀着好奇心翻开了它们。一篇篇读下来，我的好奇心消退了，代之而起的是由衷的钦佩之情。因为我发现，这位一镇之长之所以笔耕不辍，绝无附庸风雅之嫌，而是出于一种内在的生命激情，并由这种激情导引对人生种种问题进行着严肃的思考。这样一个真实的灵魂，其探索和吟唱必定与世俗的职务无关，不管当不当镇长，他都不可遏止地要寻找自己的精神家园。

可是我又想，当不当镇长仍是不一样的。读完这两本书，我确信作者是一个有真性情的人。他懂得“人哭号着来，流着泪去，出于尘土，归于尘土，乃一出悲剧耳”，因此他“在书写这出悲剧的过程中最崇尚纯真”，“就算是一种软弱的纯真也无妨”。他追求不惑的境界而终于认识到人生原是“一个惑了清清了惑的轮回”，于是在涉入不惑之年时坚定地喊出了“告别不惑”。他珍惜人生中那些“忙以外、形而上的东西”，向往“不刻意也不失意”的淡泊宁静境界，酷爱独处书房“与古今中外的书家和哲人全身心地对话”。他相信兴趣比权力和利益重要，快不快乐取决于一个人“对自己所从事的事情有无兴趣”。他赞颂“耐得寂寞的人必有质量和力度”，看透那些“耐不得寂寞的人”、那些“在公众场合喜欢自己成为中心的人和乐于围绕中心人物转的人”是肤浅之辈。凡此种种感悟，若是出现在一个远离尘嚣的书生身上，满可以自己玩味，不会引起大的麻烦。然而，一个镇长，每天要应付各种复杂的人际关系，处理无数琐碎的事务，却有这样一种高洁脱俗的心性，其间的反差就大得惊人了。我能想象到这种巨大反差所必然会导致的外部冲突和内心痛苦，并且为此感到一种同情的担忧。

换一个角度想，我却又感到欣慰和振奋。一个领导者而有哲学的智慧和胸怀，这是难能可贵的。我从来相信，智慧是美德之源，胸怀磊落者人品必佳，因为智慧是灵魂中的光，而美德只是它向外的照射。那班贪赃枉法之徒，多半是一些浑浑噩噩之辈。相反，不管社会风气如何堕落，官场如何腐败，一个人只要看重和彻悟生命的真正意义之所在，就决不会随波逐流。所以，像周国忠这样勤于思考人生、看重精神生活的品位的人，尽管处在一个很容易以权谋私的地方父母官的位子上,却把正直奉为自己“安身立命之根本”,“平生最厌憎的是势利”,清醒地看到坚持正义必须有“孤军奋战的气概”，这一切实出于他的性情之必然。

我实在孤陋寡闻，后来我才知道，周国忠所供职的前洲镇是闻名全国的富镇。这里乡镇企业发达，公路畅通，许多农民拥有豪华的别墅和现代交通工具。可是，我在他的书中读到，他在带领农民繁荣致富的同时，却对现代化的种种弊病满怀忧虑。当他漫步在日益缩小的田野上的时候，他悲愤地预感到养育人类的田野有朝一日被人类无情吞噬的危险。在四通八达的公路取代了从前的水路交通之后，他深情地怀念家乡的老河。现在村民们都在各自的单门独户深院里相当奢侈地过年，但是想起过去虽穷却热闹的过年，他总觉得现在的过年缺少些什么。在他的笔下，童年记忆中的一棵大柏树，一口古钟，都有无穷的意味，远比眼下这些别墅和汽车更有价值。这位镇长是否有些多愁善感？也许吧，然而我相信，倘若让这样一个人来规划市政，在创建新都市的同时，他是决不会把历史悠久的旧城墙拆毁的。

周国忠只上过小学，后来便务农、当兵、复员回乡、做基层干部，他的体悟完全来自心性的纯真和实践中的思考。不能说他的散文在艺术上十分圆熟，如果假以更多的闲暇，他当有更出色的创作。可是，我不希望他改行做专业作家。当今中国更需要智慧而正直的从政者，这样的人多了，中国的前途会光明得多。我的确为中国有一个这样的镇长而感到自豪。

灵魂只能独行

我是与一个集体一起来到这个岛上的。我被编入了这个集体，是这个集体的一员。在我住在岛上的全部日子里，我都不能脱离这个集体。可是，我知道，我的灵魂不和这个集体在一起。我还知道，任何一个人的灵魂都不可能和任何一个集体在一起。

灵魂永远只能独行。当一个集体按照一个口令齐步走的时候，灵魂不在场。当若干人朝着一个具体的目的地结伴而行时，灵魂也不在场。不过，在这些时候，那缺席的灵魂很可能就在不远的某处，你会在众声喧哗之时突然听见它的清晰的足音。

即使两人相爱，他们的灵魂也无法同行。世间最动人的爱仅是一个独行的灵魂与另一个独行的灵魂之间的最深切的呼唤和应答。

灵魂的行走只有一个目标，就是寻找上帝。灵魂之所以只能独行，是因为每一个人只有自己寻找，才能找到他的上帝。

世间最动人的爱仅是一个独行的灵魂与另一个
独行的灵魂之间的最深切的呼唤和应答。

灵魂另有来历

1. 投胎的偶然性

灵魂的投胎，有相当的偶然性。孔子、苏格拉底、耶稣，这三位圣哲都是投胎在平常人家。同样，平庸之辈投胎在伟人之家也很普遍，看前二位的子女即可知。这样随机的搭配，造就了真实的人间生活。人类精神血脉的延续另有谱系，与家族无关。

2. 精神的距离

每个人都是一个灵魂，每个灵魂都是独立的——这个观念使我即使对最亲近的人也能保持一种精神的距离，在此距离中，一切冲突都被容忍，一切差异都受到尊重。

3. 灵魂另有来历

灵魂和身体是不可分的，它必须寄寓在一个身体里，而且常常不能支配这个身体的遭遇。灵魂和身体又是可分的，它能够对身体的遭遇做出一种反应，确定一种态度。由一个人的遭遇，我们无法判断他的灵魂，由他对遭遇的反应和态度，我们可以相当准确地做此判断。

所以，灵魂另有来历，在身体的经历中显示。

所以，灵魂对于身体能帮就帮，帮到什么程度是什么程度，但永远要站在身体之上，保持自己的自由。

4. 尊重灵魂的神秘性

鉴于人的灵魂的神秘性，人与人之间的完全沟通是不可能的，因而不同程度的隔膜是必然存在的。既然如此，任何一种交往要能继续下去，就必须是能够包容隔膜的。尊重灵魂的神秘性，不要试图去探视他人心灵里的秘密，这是一切交往的原则，最亲密的交往也不例外。

5. 无人不可缺少

飞机上，离地面一万公尺。我忽然想：宇宙浩渺无际，人类世代更替，我只是沧海一粟。进而想：如果没有我，宇宙和人类依然如故，无人不可缺少。是的，你思考，你写作，你多么珍视你的思考和写作，其实你的灵魂也只是人类精神传承的一个工具罢了。天不生仲尼，也一定会生伯尼，绝不会万古长如夜的。

图书在版编目(CIP)数据

人生因孤独而丰盛 / 周国平著. -- 杭州 : 浙江人民出版社, 2018.3
ISBN 978-7-213-08491-1

Ⅰ. ①人… Ⅱ. ①周… Ⅲ. ①散文集 - 中国 - 当代 Ⅳ. ①I267

中国版本图书馆CIP数据核字（2017）第306640号

人生因孤独而丰盛

周国平　著

出版发行	浙江人民出版社（杭州市体育场路347号　邮编 310006）
责任编辑	钱　丛　徐　婷
责任校对	徐永明
封面设计	颜　禾
电脑制版	木言设计
印　　刷	北京盛通印刷股份有限公司
开　　本	880毫米×1230毫米　1/32
印　　张	9
插　　页	28
版　　次	2018年3月第1版
印　　次	2018年3月第1次印刷
书　　号	ISBN 978-7-213-08491-1
定　　价	45.00元